VALENTINA'S
Dream

VALENTINA'S
Dream

TED LIEN

ILLUSTRATED BY KELLY WALLEN

Copyright © 2012 by Ted Lien.

Library of Congress Control Number: 2011918601
ISBN: Hardcover   978-1-4653-8115-6
                 Softcover   978-1-4653-8114-9
                 Ebook   978-1-4653-8116-3

All rights reserved. No part of this book may be reproduced or transmitted in any form or by any means, electronic or mechanical, including photocopying, recording, or by any information storage and retrieval system, without permission in writing from the copyright owner.

This is a work of fiction. Names, characters, places and incidents either are the product of the author's imagination or are used fictitiously, and any resemblance to any actual persons, living or dead, events, or locales is entirely coincidental.

This book was printed in the United States of America.

To order additional copies of this book, contact:
Xlibris Corporation
1-888-795-4274
www.Xlibris.com
Orders@Xlibris.com
103375

CONTENTS

Chapter 1-My Birth 6
Capitulo 1-Mi Nacimiento 7
Chapter 2-The Vet Visits 14
Capitulo 2-La Visita del Veterinario 15
Chapter 3-The Treatment Begins 18
Capitulo 3-El Tratamiento Comienza 19
Chapter 4-From Brace to Brace 28
Capitulo 4-De Férula en Férula 29
Chapter 5-The Audition 36
Capitulo 5-La Audición 37
Chapter 6-Her Name Is Marie 46
Capitulo 6-Su Nombre Es María 47
Chapter 7-Tina Meets Maria 54
Capitulo 7-Tina Conoce a María 55
Chapter 8-Let the Show Begin 62
Capitulo 8-Que Empiece el Espectáculo 63
Chapter 9-Natalie Falls 70
Capitulo 9-Natalia Se Cae 71
Chapter 10-The Confrontation 78
Capitulo 10-La Confrontación 79
Chapter 11-King Is My Friend 86
Capitulo 11-Rey Es Mi Amigo 87
Chapter 12-The Big Storm 92
Capitulo 12-La Gran Tormenta 93
Chapter 13-The Festival Parade 98
Capitulo 13-El Desfile del Festival 99
Chapter 14-Life Lesson Learned 110
Capitulo 14-Lección de Vida 111

Chapter 1
MY BIRTH

"Daddy, can you read me a story?" five-year-old Jenea asked as she sat at the head of her bed.

Jenea always liked it when her daddy would read a story because he had a way of pausing at just the right time to make the story more exciting. "OK," Daddy said, "but first tell me again how much I love you." Jenea stretched her arms out sideways as far as she could reach and said, "This much."

"I will read you a story that my father read to me and his father read to him," Daddy said.

I was born in a cold and dark barn at the edge of a pasture somewhere in Northern Tennessee. As soon as I was born, my mother immediately started to warm me up. I remember being so cold because even in Tennessee it can get cold in February. I knew I had to stand as soon as I could. I had to start moving around so I would not freeze. My mother was so good to me; she started encouraging me right away to stand. I tried to stand several times, but I could not get up because there was too much pain. I think my mother could not understand why I could not stand. "Why are you unable to stand?" Mother said. I said to

Capítulo 1

MI NACIMIENTO

"Papi, ¿me lees un cuento?" Jenea, que tenía cinco años de edad, preguntó mientras se sentaba en la cabecera de su cama.

A Jenea siempre le gustaba que su papá le leyera cuentos porque él lo hacía de una forma muy particular y hacía la historia más emocionante. "OK," le dijo su papá, "pero primero dime otra vez cuanto te amo." Jenea abrió sus brazos hacia los lados lo mas que pudo alcanzar y dijo: "Así de grande."

"Te voy a leer una historia que mi padre me leyó a mí y su padre le leyó a él," dijo su papá.

Nací en un establo frío y oscuro en el borde de un pastizal en algún lugar del norte de Tennessee. Tan pronto como yo nací, mi madre comenzó a tratar de mantenerme calientita. Recuerdo que estaba tan frío, ya que también en Tennessee hace frío en febrero. Yo sabía que tenía que ponerme de pie tan pronto como pudiera. Tenía que comenzar a moverme para no congelarme. Mi madre era muy buena conmigo; ella comenzó a animarme a ponerme de pie inmediatamente después de que nací. Traté de levantarme varias veces, pero no podía porque sentía demasiado dolor. Creo que mi madre no podía entender por qué no me podía poner de pie. "¿Por qué no puedes ponerte en pie?", Dijo mi mamá. Yo le dije

her that the pain was too great. My mother's name was Jade. She was a small horse, brown in color, and some people did not consider her very attractive. She looked at my legs, and her facial expression took on a very sad look. "What is wrong?" I said to my mother. I think she did not quite know what to say. She said, "One of your legs is twisted, but I think it will straighten out in a day or two. I remember that I trusted my mother, so I believed her. I asked my mom how I could get up to eat. My mother said to me, "You are just going to have to be brave and stand in spite of the pain." I was still struggling to stand on my feet when our owner Mr. Fredericks came into the barn the next morning and said to my mother, "Oh, I see you had your baby, let's take a look." He got down on one knee and looked at me with great expectation because I was his first colt, and I think he wanted everything to be perfect. I could tell by the expression on his face that he was disappointed with my looks. He must have seen my twisted leg as well. Somehow, he recognized that I had not gotten up yet.

que tenía mucho dolor. El nombre de mi mamá era Jade. Ella era una yegua pequeña de color marrón, y según algunas personas no la consideraban muy bonita. Mi mamá miró mis piernas, y su expresión facial adquirió un aspecto muy triste. "¿Hay algo mal?"Le dije a mi madre. Creo que ella no sabía muy bien qué decir. Después dijo: "Una de tus piernas esta torcida, pero creo que se compondrá en uno o dos días. Yo confié en mi madre, por lo que le creí. Le pregunté a mi mamá cómo me podría levantar para comer. Mi madre me dijo: "Vas a tener que ser valiente y ponerte de pie a pesar del dolor" Todavía estaba tratando de ponerme de pie cuando nuestro dueño el Señor Frederiks entro al establo a la mañana siguiente y le dijo a mi mamá: "Ah, veo que ya tuviste a tu bebé, vamos a echar un vistazo." El señor Frederiks se puso de rodillas y miro a mi madre con una gran expectativa, ya que yo era su primer potro y quería que todo saliera perfecto. Me di cuenta por la expresión de su rostro que estaba decepcionado con mi apariencia. También debió de haber visto mi pierna torcida. Se dio cuenta que no me había levantado todavía.

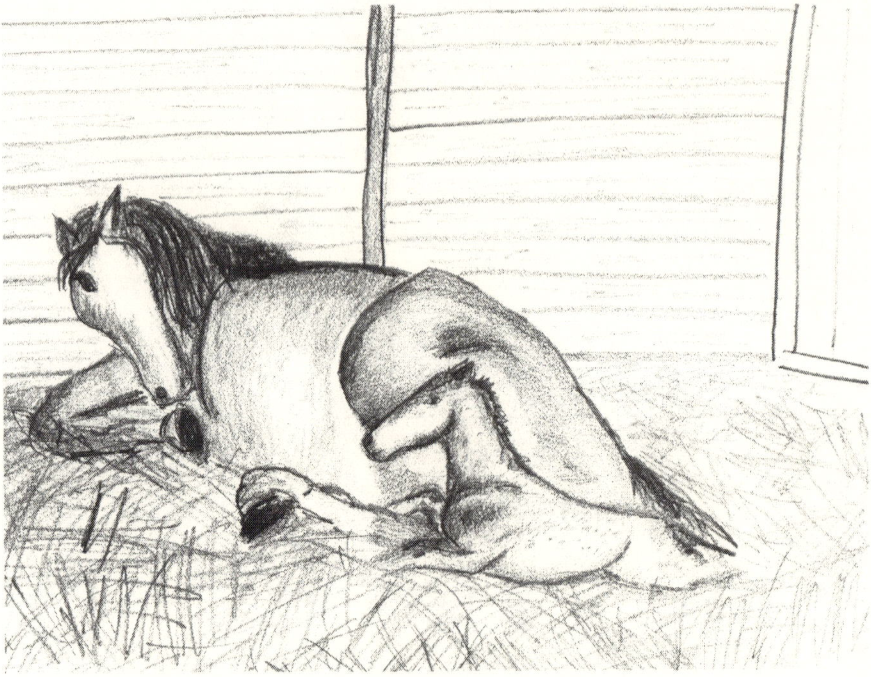

He very gently reached down, grabbed me around the stomach, and helped me to my feet. Mr. Fredericks was so gracious though because he said to my mother, "You have a beautiful daughter." He said to me, "My name is Mr. Fredericks, but most people call me Fred. I think I will call you Valentina, which means 'brave.' " My mother only knew our owner by his last name; she had not heard anyone call him Fred before. Even when his daughter came over, she called him dad. Fred had to help me to my feet every day for the first few days, but eventually, I was strong enough to stand on my own.

Every day, Fred came to see me. He did what he could to help me get stronger. He gave me some special food, which my mother told me were special vitamins to help my bones and muscles to develop properly. He also brushed me every day, encouraged me, and stroked my neck and mane.

Muy suavemente se inclinó, me tomó alrededor del estómago y me ayudó a ponerme de pie. El señor Frederiks fue muy amable. El le dijo a mi madre "tienes una hermosa hija." Y después me dijo: "Mi nombre es señor Fredericks, pero la mayoría de la gente me llama Fred. A ti te llamare Valentina que quiere decir 'valiente' ." Mi madre sólo conocía a nuestro dueño por su apellido, porque no había oído a nadie llamarlo Fred. Aun cuando su hija venia por aquí ella lo llamaba papá. Fred tuvo que ayudarme a poner me dé pie los primeros días, pero con el tiempo, ya era lo suficientemente fuerte para hacerlo por mí misma.

Fred me venía a ver todos los días. Él hizo lo que pudo para ayudarme a estar más fuerte. Me daba comida especial, que mi madre me dijo eran vitaminas especiales para ayudar a mis huesos y músculos a desarrollarse adecuadamente. También me cepillaba todos los días, me animaba y me acariciaba el cuello y la melena.

Chapter 2

THE VET VISITS

By the time spring came, I was doing pretty well. As the weather got warmer, I was able to get outside more and more. I was not able to run as well as I would like, but at least I was able to move with only a little bit of pain. Fred was so good to my mother and me; he came to check on us every day and sometimes more than once a day. My guess is that Fred was about seventy-five years, but he could be younger than he looked. He was a very rough-looking man. His skin was very leathery, and his beard was down to his chest. Even though he may have been disappointed at first with my twisted leg, I think he had accepted it and accepted me for who I am. Fred also brought his daughter out to the barn with him quite often. Her name was Tina; she was slender like her dad and had the same sweet spirit as her dad. She also seemed very interested in my progress. My mother told me that Tina had her own horse ranch a few miles down the road. One day, Fred and Tina brought out a third man to the pasture. I had never seen him before. I sensed somehow that this man was a veterinarian and wanted to look at my twisted leg. As I listened to them talk, I realized that my intuition was correct. I knew that the vet would not hurt me and only wanted to help me. The vet kneeled down and motioned for me to put my leg forward.

Capítulo 2

LA VISITA DEL VETERINARIO

Cuando la primavera llego, yo me sentía muy bien. Conforme el clima se hacía más cálido, tuve la oportunidad de salir más y más. No era capaz de correr tan bien como yo quería, pero por lo menos podía moverme con solo un poco de dolor. Fred era muy bueno conmigo y con mi mamá; venia diario a vernos y algunas veces hasta dos veces al día. Me imagino que Fred tenía como setenta y cinco años, pero tal vez puede ser más joven de lo que aparenta. Era un hombre de aspecto rudo. Tenía la piel curtida y barba hasta el pecho. A pesar de que al principio Fred pudo haber estado decepcionado de mí por mi pierna torcida, creo que el ya me había aceptado por lo que yo era a pesar de mi pierna. Fred traía a su hija con él al establo muy a menudo. Su nombre era Tina, era esbelta como su padre y tenía el mismo espíritu dulce como su papá. Ella también parecía muy interesada en mi progreso. Mi madre me dijo que Tina tenía su propio rancho de caballos a unos pocos kilómetros más adelante. Un día, Fred y Tina trajeron a un hombre que yo nunca había visto antes por el establo. Intuí de alguna manera que este hombre era un veterinario y que quería ver mi pierna torcida. Mientras los escuchaba hablar, me di cuenta de que mi intuición era correcta. Yo sabía que el veterinario no me haría daño y que sólo quería ayudarme. El veterinario se arrodilló e hizo una seña para que moviera la pierna hacia adelante.

As I moved my leg forward, he took his hands and slowly moved them all the way down to the hoof. He seemed focused on what he was doing as he moved his hands. When he finished, he stood and walked a few steps away and motioned for Fred to follow him. The two of them stood there for a couple of minutes talking. Tina stayed with me. I so wanted to hear the conversation, but I knew they would enlighten me in due time. The vet walked to his car and drove away. Fred started walking back to me. Fred started stroking my neck as well. The two of them started to talk over the treatment that the vet recommended. Fred said, "Valentina will have to have surgery and several braces, which will take at least a couple of years to complete, and there is no guarantee that the surgery will allow her to walk normally. Tina said, "It sounds like some of these procedures will be painful." "Yes, I am afraid they will be, and I will never be able to afford all the medical bills, what am I going to do?" Fred said. Tina said, "You just let me worry about that." The two were talking, not believing I could understand what they were saying, but for some reason, I was able to understand human speech.

Tina asked her dad if she could take Jade and Valentina to her place because her barns were better. She said she had some connections with the horse-racing group of people and that she knew of a couple of good veterinarians that specialized in surgery that might be able to help. Fred said, "Yes, but if you take them, I will have no horses to take care of, and I believe I will get somewhat lonely." Tina said, "I'll tell you what. I will bring over a mare that also just had a colt, you can take care of them while I take care of Jade and Valentina." Her father agreed, and they both walked off to the house.

Tan pronto como moví mi pierna hacia adelante, el puso sus manos sobre mi y lentamente las movió hasta la pezuña. Parecía muy concentrado en lo que estaba haciendo. Cuando terminó, se levantó y caminó unos pasos indicándole a Fred que lo siguiera. Los dos se quedaron allí por un par de minutos hablando. Tina se quedó conmigo. Yo quería escuchar la conversación, pero sabía que a su debido tiempo sabría que estaba sucediendo. El veterinario se acercó a su coche y se marchó. Fred comenzó a caminar de nuevo hacia mí y a acariciar mi cuello. Los dos comenzaron a hablar sobre el tratamiento que el veterinario recomendó. Fred dijo: "Valentina tendrá que someterse a una operación y tendrá que usar varios aparatos, tardara al menos un par de años en completarse y no hay garantía de que la cirugía le permitirá caminar normalmente. Tina dijo, "Parece que algunos de estos procedimientos van a ser dolorosos." "Sí, me temo que si y también costosos, nunca voy a ser capaz de pagar todas las facturas médicas, ¿qué voy a hacer?", Dijo Fred. Tina dijo, "deja que yo me preocupe por eso." Los dos estaban hablando sin creer que yo podía entender lo que decían, pero por alguna razón, yo era capaz de entender el lenguaje humano.

Tina le preguntó a su papá si podía llevarse a Jade y Valentina a su casa porque sus establos eran mejores. Ella dijo que tenía algunas conexiones con algunas personas de las carreras de caballos y que ella sabía de un par de buenos veterinarios que se especializaban en la cirugía que podría ser capaz de ayudar. Fred dijo: "Sí, pero si te las llevas, no tendré ningún caballo para cuidar y creo que voy a sentirme solo.", Dijo Tina, "¿Qué te parece si te traigo a una yegua que también acaba de tener un potro, así puedes cuidar de ellos mientras yo me ocupo de Jade y Valentina?" Su padre estuvo de acuerdo y los dos caminaros hasta la casa.

Chapter 3

THE TREATMENT BEGINS

    Early the next morning, when I saw a truck and horse trailer coming up the driveway, I knew right away that it was Tina coming to get my mother and me. After Tina left yesterday, my mother took some time to explain the process as best as she could. She was not able to give details because she did not know what the details were. I am so glad Mother was able to explain some of this to me because I was so apprehensive and a little scared of what was going to happen. My mother told me a story that had been passed down to many generations of horse owners and their horses. Normally she would have waited until I was about one year old before she shared the story, but this was a special situation, so she shared the story with me early. I am so glad she did. The story goes like this. In the old west, there was a pretty woman who would ride into a stadium of cheering people on a beautiful colored Chesapeake mare. The horse wore the most stunning saddle and bridle one could ever imagine. Shining sequins lined the stirrups. The buffed leather on the saddle made it shine to a brilliant golden brown, making it look brand-new. Sparkling ruby gemstones adorned the bridle. The woman on the horse wore a beautiful dress with sequins that matched the sequins on the saddle. The woman on the horse also wore a cowboy hat with one colored feather stuck in the band of the hat. The horse

Capítulo 3
EL TRATAMIENTO COMIENZA

Temprano a la mañana siguiente vi un camión y un remolque de caballos y en ese momento supe que Tina venia a recogernos a mi madre y a mí. Después de que Tina se marcho el día anterior, mi mamá se tomo un tiempo para explicarme cual iba a ser el proceso de la mejor manera que pudo. No pudo darme muchos detalles porque ni ella tampoco los sabía. Estoy contenta de que mi madre pudo hablar conmigo de esto, ya que yo me sentía un poco aprensiva y temerosa de lo que iba a suceder. Mi mamá me conto una historia que había pasado de generación en generación de dueños de caballos y a sus caballos. Normalmente ella se hubiera esperado a que yo cumpliera un año de edad para contarme la historia, pero esta era una situación especial, así es que me conto la historia antes de lo esperado. Me da gusto de que ella lo haya hecho de esta forma. La historia es la siguiente: Había una vez en el viejo oeste una mujer muy bonita que entró en un ruedo montando una hermosa yegua de Chesapeake y toda la gente en el ruedo estaba muy animada. El caballo llevaba la silla y el freno más impresionantes que uno pueda imaginar. Los estribos estaban decorados con brillantes lentejuelas. El cuero en la silla estaba tan bien pulido brillaba como en un color dorado – cobrizo dándole un aspecto totalmente nuevo. Las riendas estaban decoradas con unas brillantes piedras preciosas de rubís. La mujer en el caballo llevaba un hermoso vestido de lentejuelas que coincidían con las lentejuelas de la silla. También llevaba un sombrero vaquero con una sola pluma de colores pegados en la banda del sombrero. El caballo

would prance into the stadium with such elegance and grace while the woman worked her tricks with the lariat. The woman and the horse worked so well together that they entertained people everywhere they performed. I asked my mother if the woman in the story had a name. My mother said that the story goes that her name was Marie because she was believed to be from Mexico, but no one really knew for sure. I also asked my mother what the name of the horse was. She replied that the horse's name was Buttermilk, but the origin of the name was unknown. My mother told me that this was the dream of almost every filly that ever heard the story. I said to my mother that I would never be able to even dream this because of my twisted leg. My mother told me something that I never forgot. She said, "Listen, if you work hard on your therapy and be brave with whatever you have to go through, there is no reason you can't achieve that dream." From that time on, I was determined to remember what my mother said and to hang onto those words.

Tina pulled her trailer up next to the barn and backed it up to the gate. I could see a stunning buckskin mare in the trailer, but I could not see the colt yet. I figured the colt would look just like the mare, and when Tina let them out into the corral, that turned out to be true. I wished I had more time to play with the other colt, but I knew that would have to wait because my mother and I would be going with Tina soon. But Tina went up to the house to talk with her dad, so I got to know the other colt a little bit. Tina came back from the house in about an hour and called for Jade to get into the trailer. My mother did not resist at all, and I followed right behind her. Tina closed the trailer door, and we were off to her house. When we got to Tina's place, she put both of us right into her barn. Her barn was a lot better just like she said. The lighting was better, and there were plenty of fresh straw all over. There was also an electric water trough in the corner so the water would always be fresh and cold. If I were going to have any surgery, I said to myself, this would be a good place to recuperate.

After a week or so, my mother and I got back into the trailer again. I guessed that the ride might be a longer one this time, but I had no idea how long. We rode for what seemed a long time. I was glad when we got to our destination because I was tired of being in that trailer. When Tina came to let us out of the trailer, she started to talk to me about what was going to happen. She said, "You and Jade are going to

caminaba con mucha elegancia y gracia, mientras la mujer hacia trucos con la cuerda de lazar. La mujer y el caballo trabajaban tan bien juntos que entretenían a la gente en todas partes que se presentaban. Le pregunté a mi mamá si la mujer de esta historia tenia nombre y mi madre me dijo que su nombre era María porque se creía que era de México, pero nadie sabía a ciencia cierta. También le pregunte a mamá por el nombre del caballo y me dijo que se llamaba mantequilla, pero el origen del nombre era desconocido. Mi madre me dijo que este era el sueño de casi todas las potras que escuchaban esta historia. Le dije a mi madre que yo nunca sería capaz de ni siquiera soñar esto por el problema de mi pierna torcida. Pero mi madre me dijo algo que nunca olvidé: "Escúchame bien, si trabajas duro, le echas ganas a tu terapia y eres valiente con todo lo que tiene que pasar, no hay ninguna razón por la cual tu no puedas alcanzar este sueño." A partir de ese momento, estaba decidida a recordar lo que mi madre me había dicho y a aferrarme a sus palabras.

Tina estacionó su remolque a la puerta del establo. Pude ver una impresionante yegua buckskin en el remolque, pero aun no podía ver al potro. Pensé que el potro se parecería a la yegua, y cuando Tina los dejo salir al corral, lo que pensé resultó ser cierto. Me hubiera gustado tener más tiempo para jugar con el potro, pero yo sabía que tendría que esperar porque mi madre y yo nos iríamos con Tina pronto. Pero Tina se fue a la casa para hablar con su papa, así es que tuve la oportunidad de conocer al otro potro un poco. Después de una hora, Tina regresó de la casa y llamo a Jade para entrar al remolque. Mi madre no se resistió en absoluto, y yo seguí detrás de ella. Tina cerró la puerta del remolque, y nos fuimos a su casa. Cuando llegamos a la casa de Tina, ella nos puso a las dos en su establo. Su establo era mucho mejor que el de su padre como ella había dicho. La iluminación era mejor, y había un montón de paja fresca por todas partes. También había un canal eléctrico de agua en la esquina para que el agua siempre estuviera fresca. Si me fuera a someter a alguna cirugía, este sería un buen lugar para recuperarme.

Después de más o menos una semana, mi mamá y yo nos volvimos a subir al remolque. Me imagine que este viaje seria más largo esta vez, aunque no sabía que tan largo. Viajamos por un buen rato. Me alegre cuando llegamos a nuestro destino porque ya estaba cansada de estar en el remolque. Cuando Tina nos abrió la puerta del remolque para dejarnos salir, nos empezó a hablar de lo que iba a pasar conmigo. Ella dijo "Tu y Jade

be staying in these stables for about a week or so before we go back home. You will be seeing a veterinarian tomorrow morning, and then more than likely, you will be having some sort of surgery in the next two or three days." I made a couple of snorts and a whinny as if to ask what kind of surgery this would be. Tina said, "I do not know what kind of surgery it will be for sure, let us just let the vet tell us."

I could not believe what she just said because it was as if she understood what I was saying. I discovered shortly after I was born that I could understand what humans were saying, but I had no idea that I could talk to them as well. I had to try another question to test out if this was really happening. I snorted a couple more times, asking Tina if she was going to be here with me the whole week. Tina replied that she would be here for the appointment tomorrow but would have to go back home while I recuperated here and then come back and get me. I was so excited; she could understand me. Mother had told me about the horse whisperers that could communicate to us. I did not believe Tina even realized that she was communicating with me but, rather, just talking to me with a one-sided conversation. I wanted to determine if Tina was the only person who could understand me, but I decided for now that would have to wait. Tina told me to get some rest and she would come to take me to the vet in the morning. I did not sleep very well because I was restless, wondering about what the vet would say. It was encouraging to me, knowing that Mother was in the stall right next to me. I had an idea that I would have to have surgery because I remembered what the other vet had said when he first looked at my leg.

The next morning came quickly though. I was glad when I saw Tina coming toward the stable. I really was not dreading today; I had decided to be brave and take this whole process one step at a time. I thought that I would have to get into the trailer, but instead, we went for a walk because it turned out that the vet's office was right on the grounds we were staying. We walked right past a small racetrack. I walked with a noticeable limp, and I could sense some of the other horses staring at me as I walked by. I am sure it was a rare sight to see a horse with this noticeable of a limp at a racetrack, but I decided to ignore them. Tina brought me into a stall and threw the lead rope over a pipe. She went in to talk to the vet for a few moments before they came back out together. I decided this would be a good time to see if

se van a quedar en estos establos por aproximadamente una semana antes de volver a casa. Mañana por la mañana te vera un veterinario, y lo más probable es que te hagan una cirugía en los próximos días." Hice un par de bufidos y relinchos como si fuera a preguntar qué tipo de cirugía sería. Tina dijo: "Yo no sé qué tipo de cirugía será, vamos a dejar que el veterinario nos diga."

No podía creer lo que ella acababa de decir, porque era como si ella entendiera lo que yo había dicho. Descubrí poco después de nacer que yo podía entender lo que los humanos decían, pero no tenía ni idea de que podía hablar con ellos. Tuve que hacer otra pregunta para probar si esto estaba realmente sucediendo. Yo bufé un par de veces, preguntándole a Tina si ella iba a estar aquí conmigo toda la semana. Tina dijo que iba a estar aquí para la cita de mañana, pero tendría que volver a casa mientras que aquí me recuperara y luego volvería por mí. Estaba muy emocionada; ella me entendía. Mi mamá me había platicado sobre las personas que podían comunicarse con nosotros los caballos. No creo que Tina siquiera se dio cuenta de que se estaba comunicando conmigo, sino más bien, ella me hablaba como si estuviera hablando sola. Quería determinar si Tina era la única persona que me entendía, pero decidí que por el momento eso tendría que esperar. Tina me dijo que descansara un poco y que ella vendría por la mañana a llevarme con el veterinario. No pude dormir muy bien, porque estaba inquieta preguntándome de lo que el veterinario iba a decir. Me alentaba el saber que mi madre estaba en el establo de a un lado. Tenía la idea de que tendría que someterme a una cirugía, porque me acordé de lo que el otro veterinario había dicho cuando miró mi pierna.

La mañana siguiente llegó rápidamente. Me alegré cuando vi a Tina que venía hacia el establo. Yo realmente no tenía miedo esta vez, había decidido ser valientes y tomar todo este proceso un paso a la vez. Pensé que tendría que entrar en el tráiler, pero en su lugar, nos fuimos a dar un paseo caminando, ya que resultó que la oficina del veterinario se encontraba en el mismo lugar en donde nos alojaban. Caminamos y pasamos por una pista de caballos pequeña. Yo cojeaba mucho al caminar, y podía sentir que algunos de los otros caballos me miraban. Estoy segura de que era raro ver a un caballo cojeando en una pista de carreras, pero decidí no hacer caso de ellos. Tina me llevó a una caballeriza y amarro el lazo a un poste. Ella fue a hablar con el veterinario por unos momentos antes y después salieran los dos hacia afuera. Decidí que sería un buen momento para ver si

the vet was a horse whisperer as well, so I did a couple of snorts to say, "Good morning, how are you," and the vet did not say a word, so that answered my question that it was probably only Tina that I could talk to. Tina said to the vet, "This is Valentina." The vet said, "My name is Dr. Billford, but most people just call me Dr. Bill. Let us have a look here. The doctor and his assistant spent the next two hours doing blood tests, motion tests, and x-rays to determine a course of action for my leg. Dr. Bill said to Tina, "Here is what I feel we need to do. Valentina needs to have surgery where we actually break the leg and reset it. The surgery should take out quite a bit of the twist. Then she will have to wear a series of braces over the next eighteen months or so, while her leg is growing. After that process, I believe her leg should be straightened to point where she will probably only limp slightly for her whole life. When I heard that, I was OK with that because Mother had prepared me for the worse, which was a very noticeable limp my whole life. Dr. Bill said, "I actually have an opening tomorrow afternoon to do the surgery if you want to do it that quick." Tina said, "My dad and I have been preparing for this day for a while, so let us do it."

When I got back to my stall, I told my mother the news, and we talked for a while before I rested for the night. The next morning, I was so hungry because I could not have any grain for twelve hours before surgery. The doctor actually came and got me in a little cart so I would not have to walk to his office. When we got to his office, they prepped me very quickly, and they got me to lie down on a table. The last thing I remember before I went to sleep was looking at the very bright lights.

el veterinario también podía entender y hablar con los caballos, así que hice un par de bufidos para decir: "Buenos días, ¿cómo estás?", pero el veterinario no dijo ni una palabra, de modo que eso respondía a mi pregunta de que probablemente era solo Tina con quien yo podía hablar. Tina dijo al veterinario, "Esta es Valentina." El veterinario dijo: "Mi nombre es Dr. Billford, pero la mayoría de la gente me llama Dr. Bill. Vamos a echar un vistazo aquí. El médico y su ayudante pasaron las siguientes dos horas haciendo pruebas de sangre, pruebas de movimiento, y rayos X para determinar el tratamiento para la pierna. Dr. Bill le dijo a Tina: "Esto es lo que yo creo que tenemos que hacer: Valentina tiene que someterse a una operación en la cual le fracturaremos la pierna para reacomodarla de nuevo. La cirugía debe corregir lo de la torcedura de la pierna. Luego, ella tendrá que usar diferentes férulas durante los próximos dieciocho meses mientras su pierna está creciendo. Después de este proceso, creo que la pierna debe ser enderezada a punto de que solo siga cojeando un poco por el resto de su vida. Cuando me enteré de eso, yo me sentí bien, porque mi madre me había preparado para lo peor, que era seguir cojeando notablemente toda mi vida. Dr. Bill dijo: "En realidad tengo una apertura mañana por la tarde para realizar la cirugía si desea hacerlo rápido." Tina dijo: "Mi padre y yo hemos estado preparándonos para este día durante mucho tiempo, así que hagámoslo.

Cuando volví al establo, le dije a mi mamá la noticia, y hablamos por un rato antes de irnos a dormir. A la mañana siguiente, yo tenía mucha hambre porque no podía comer nada de granos durante doce horas antes de la cirugía. El doctor vino y me llevo en un carrito para que no tuviera que caminar a su oficina. Cuando llegamos a su oficina, me prepararon rápidamente y me acostaron sobre una mesa. Lo último que recuerdo antes de que me durmieran, era que estaba mirando unas lámparas muy brillantes.

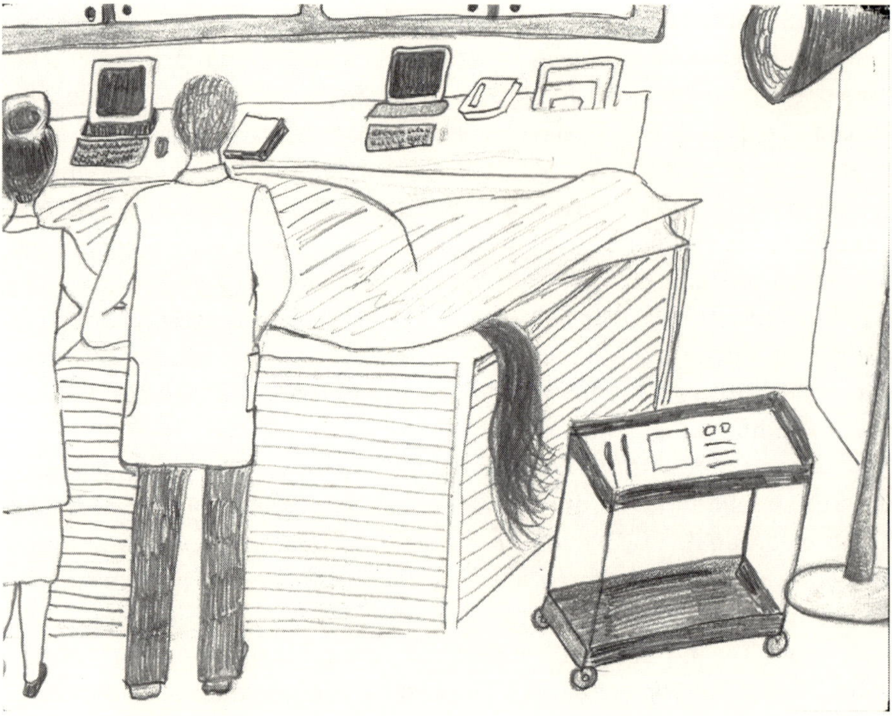

Chapter 4
FROM BRACE TO BRACE

    I woke up for a brief moment, not knowing where I was or what was going on. Then I remembered why I went to sleep. I quickly looked down at my leg and saw a cast up to my knee. I wondered how much pain I would have to deal with and how long I would have to wear this cast. I had so many things running through my mind. I was glad to see the vet coming into the room because I thought he could comfort me somewhat. I did not see Tina; I wondered where she was. The doctor started rubbing my face and nose. I think he needed to make sure I was fully awake and aware of my surroundings. I acknowledged his presence by moving my head slightly. Dr. Bill started to talk to me, saying what a brave little horse I was. His efforts at comforting me were not really working. I wanted to see Tina, and I really wanted to see my mother. Just then, I could see the doctor's assistant motion to Tina to come into the room where I was. Dr. Bill started to explain what was going to happen from here forward. He told Tina that I would have to wear this cast for about eight weeks and then shortly after that start with the first brace. He explained that the surgery helped the twist somehow, but probably not as much as he had hoped. He said that we will just have to wait and see how things progressed, and he was unwilling to make any kind of prognosis right now. He also told Tina that he was

Capítulo 4
DE FÉRULA EN FÉRULA

Me desperté, y por un momento no supe en dónde estaba o qué estaba pasando. Entonces recordé por qué me habían dormido. Rápidamente me miré la pierna y vi un yeso hasta la rodilla. Me pregunté que tanto dolor tendría que enfrentar y cuánto tiempo tendría que usar este yeso. Tenía tantas cosas pasando por mi mente. Me alegré de ver al veterinario entrar en la habitación porque pensé que podría hacerme sentir mejor aunque fuera un poco. Me preguntaba dónde estaba Tina, ya que no la veía. El médico comenzó a frotar mi cara y mi nariz. Creo que él quería asegurarse de que estaba completamente despierto y consciente de mi entorno. Moví ligeramente mi cabeza para indicarle que sabía lo que estaba sucediendo. Dr. Bill comenzó a hablarme, diciéndome que era un caballo pequeño pero valiente. Sus esfuerzos por hacerme sentir mejor no funcionaban. Quería ver a Tina, y sobre todo quería ver a mi mamá. En ese momento, pude ver a la asistente del médico indicarle a Tina que entrara en la habitación donde yo estaba. Dr. Bill comenzó a explicarle a Tina lo que iba a suceder de aquí en adelante. Le dijo que yo tendría que usar este yeso por cerca de ocho semanas y luego comenzaría a usar la primera férula. Explicó que la cirugía ayudó de alguna manera con la torcedura de la pierna, pero no tanto como él había esperado. Dijo que sólo tendríamos que esperar y ver cómo progresaba ya que no podía hacer ningún tipo de pronóstico en esos momentos. También le dijo a Tina que iba

going to keep me here overnight and that we could go home tomorrow. The assistant had a little cart to use to try to keep the weight off that leg for a couple of days at least. When the doctor's assistant moved me back, I realized that using the cart was hard to figure out, but somehow, I managed. When I got back to my stall next to Mother, the doctor's assistant said he would check on me later in the day. When Mother asked me about the details, I said to her that I would explain later, but right now, all I wanted to do was rest. I slept for the rest of the day until the assistant came to see me. Tina also came in shortly after the doctor left. Tina said, "I will see you tomorrow, right now I am going back to the motel."

The next morning, I had considerable pain, but shortly after that, the assistant came in and gave me a shot for the pain; then I felt good. He gave the OK for me to go home today. I really wondered how the trailer ride was going to work and whether I would have to use that goofy cart contraption. I really wanted to just give that thing up, but I knew it was necessary for now for my leg to heal properly. The ride home, though, was not as bad as I thought it would be. Tina got me back into the barn with very little trouble. I decided that I would get through these next eight weeks of having a cast on my leg with a positive attitude.

I was able to stay at Tina's place all summer, and in fact, I learned sometime later that Tina and her dad decided to make the trade permanent so Jade and I would be staying here with Tina from now on. I was glad to be at Tina's because her pastures were bigger than Mr. Frederick's, which gave me more room to enjoy the summer and run around. Tina had quite a few horses, and I liked being able to have fun with some of them. Sometimes, I was having so much fun that I forgot that I was even wearing a cast because I did not have any pain. Dr. Bill came to see me a couple of times while I had my cast on. I guess he and Tina worked out a deal for him to come see me instead of me riding in a trailer to go see him. I think he figured that it was easier, and I think he just enjoyed getting out in the country sometimes. Dr. Bill said my progress was coming along fine, but he wanted to see me walk without the cast before he made any predictions or recommend what the next treatment would be.

Finally, the day came when Dr. Bill came with a portable x-ray machine and set it up in the barn. Dr. Bill said, "I want to x-ray the leg, and if all is well, I can take the cast off today." I so wanted the cast to

a mantenerme ahí una noche y que podíamos ir a casa al día siguiente. Su asistente del médico tenía un carrito para ayudarme a mantener el menos peso posible en mi pierna por un par de días. Cuando el asistente del médico me llevo al estable de regreso, me di cuenta de que el carro era difícil de operar, pero de alguna manera me las arreglé. Cuando volví a mi caballeriza la asistente dijo que iba a venir a checarme más tarde. Cuando mi madre me preguntó acerca de los detalles de la cirugía, le dije que iba a explicarle más tarde, porque en ese momento, lo único que quería era descansar. Dormí por el resto del día hasta que la asistente me vino a ver. Tina también llegó poco después de que se fue el doctor y dijo: "Te veré mañana, ahora me voy a regresar al motel."

A la mañana siguiente tenía mucho dolor, pero poco más tarde, la asistente entró y me dio una inyección para el dolor. La inyección me ayudo a sentirme mejor. El doctor me dio de alta ese día, dijo que me podía ir a casa. Me preguntaba cómo iba a ser el regreso a casa y si iba a tener que usar ese carrito tan ridículo. Tenía ganas de no usar ese artefacto, pero sabía que tenía que usarlo para que mi pierna sanara adecuadamente. El regreso a casa no fue tan malo como lo había pensado. Tina no tuvo casi ningún problema para instalarme de nuevo en su establo. Decidí que iba a pasar las próximas ocho semanas con el yeso en mi pierna con una actitud positiva.

Tuve la oportunidad de permanecer en el rancho de Tina durante todo el verano, y de hecho, me enteré poco tiempo después de que Tina y su padre decidieron que Jade y yo nos quedaríamos permanentemente con Tina. Yo estaba contento de estar con Tina porque sus pastizales eran más grandes que los del Sr. Frederik, y tenía más espacio para correr y disfrutar del verano. Tina tenía unos cuantos caballos y me encantaba poder jugar con algunos de ellos. Algunas veces me divertía tanto, que hasta se me olvidaba que tenía un yeso en mi pierna ya que no sentía nada de dolor. Dr. Bill vino a verme un par de veces cuando tenía el yeso en mi pierna. Me imagino que Tina y Dr. Bill acordaron que era mejor que el viniera a verme a la granja de Tina, en vez de que ella me llevara a so oficina. Creo que el también pensaba que era más fácil hacerlo así y al mismo tiempo también disfrutaba salir y dar un paseo por el campo en donde se encontraba la granja de Tina. El Doctor dijo que mi pierna iba progresando, pero quería verme caminar sin el yeso antes de poder hacer ninguna predicción o recomendar el siguiente tratamiento.

Finalmente, llegó el día en que el Doctor Bill llegó con un equipo portátil para sacar rayos X, lo montó en el granero y dijo "Voy a sacar una radiografía de la pierna, y si todo está bien, le quitare el yeso hoy mismo." Yo ya quería que me lo

come off today; I had been looking forward to this day for a while. After the x-ray, he did indeed take the cast off. While Tina was standing next to me, the doctor told Tina that even though the leg may look weak, it was indeed strong and to take it easy working with me until I develop the leg to full strength. Dr. Bill said he would come back in a week or so to see how I was walking with the leg.

I felt my leg getting stronger every day, and I noticed the leg was no longer twisted, but I still had a limp. I was disappointed, but I was prepared that the limp would still be there, so I was not discouraged. When Dr. Bill came, he said to Tina, "Lead her around a little, and let's see how see she walks." After he saw the limp, as well, he said, "Let us have a look." He bent down and took a closer look at my leg. "It is as I suspected," he said. "This leg is shorter than the other, but the good news is that Valentina is still growing, so I believe we can stretch the leg as it grows with a series of braces. There will also be some therapy exercises that you will have to work her through," the doctor said. Tina said, "How long are you looking at her wearing a brace?" "Probably twelve to eighteen months or so," he said. My heart sank, but I remembered the dream that Mother gave to me. I was determined to prance into that arena with my rider all decked out and without a limp. I was also determined to do whatever it takes to accomplish that dream. Dr. Bill said, "I will come back in a couple of days with the brace, and I will train your local vet how to put the brace on and how to adjust it so I do not have to come out here quite as often. I will come back about once every three months to monitor your progress." Just as he said, Dr. Bill came back in two days along with the local vet. I saw this same vet shortly after I was born. This time, I learned his name. His name was Dr. Buckles. Together, Dr. Bill and Dr. Buckles put my first brace on, and Dr. Bill explained how to adjust the brace and how often to adjust it.

Over the next year, I had three different braces, and Dr. Buckles readjusted the brace every four to five weeks. I worked hard at doing my therapy that Dr. Bill showed Tina. Each time after an adjustment, there was a little pain for a couple of days, but for the most part, things were not too bad. Dr. Buckles and I both noticed that my limp was getting less noticeable, but it was still there. I continued to see Tina a lot, and we really got to be close friends. Dr. Bill came out and looked at my leg thirteen months after my first brace was put on. He said to Tina,

quitaran había estado esperando este día por mucho tiempo. Después de sacar la radiografía, el doctor Bill sí me quitó el yeso. Estando Tina a mi lado, el doctor le dijo que a pesar de que mi pierna parecía estar débil, estaba fuerte, pero que tenía que tener cuidado al trabajar conmigo hasta que mi pierna recuperara toda su fuerza. El doctor Bill dijo que regresaría en aproximadamente una semana para checar como caminaba con la pierna.

Sentí que mi pierna estaba más fuerte cada día y noté que la pierna ya no estaba torcida, pero aun así yo todavía cojeaba. Estaba algo triste, pero como ya estaba preparada que era muy probable de que iba a seguir cojeando, no me desanime. Cuando el doctor Bill llego le dijo a Tina "Camínala un poco para ver como camina." Después de que me vio cojear, se agacho y checo de cerca mi pierna. "Es como lo sospechaba," dijo. "Esta pierna es más corta que la otra, pero la buena noticia es que Valentina sigue creciendo, así que creo que se puede estirar la pierna a medida que vaya creciendo si usa una serie de férulas. También tendrá que hacer unos ejercicios de terapia de rehabilitación que tu le tendrás que ayudar a hacer" dijo el doctor. Tina le pregunto "¿Cómo cuanto tiempo piensa que tendrá que usar las férulas?" el doctor respondió "probablemente de doce a dieciocho meses más o menos." Sentí que se me apachurro el corazón, pero me acorde de el sueño que mi mamá me dio a mí. Estaba decidida a entrar al rodeo vestida con hermosas decoraciones, bailando con mi jinete y sin cojear. También estaba decidida a hacer lo que fuera para hacer ese sueño realidad. Dr. Bill dijo "regresaré en dos días con la férula y le enseñare al veterinario de esta región como poner y ajustar la férula, así ya no tendré que venir tan seguido. Vendré como cada tres meses para monitorear como ha progresado." Tal como había dicho, Dr. Bill regresó a los dos días con el veterinario de la región. Era el mismo veterinario que me había revisado al poco tiempo de nacida. Esta vez sí me entere de su nombre, se llamaba Doctor Buckles. Los dos doctores, Dr. Bill y Dr. Buckles, me pusieron mi primer férula. El Dr. Bill le explico al Dr. Buckles como ajustarme la férula y que tan seguido habría que hacerlo.

En el siguiente año, me pusieron tres diferentes férulas. Dr. Buckles me reajustaba la férula cada cuatro o cinco semanas. Puse mucho empeño en hacer la terapia que el Dr. Bill le enseño a Tina. Cada vez que me ajustaban la férula, me daba un poco de dolor por los siguientes dos días, pero por lo general, no me fue tan mal con el dolor. Tanto el Dr. Buckles como yo notamos que cada vez se notaba menos el que yo cojeaba, pero aun cojeaba. Veía muy seguido a Tina y llegamos a ser muy buenas amigas. El Dr. Bill vino a ver mi pierna trece meses después de haberme puesto la primera férula. Él le dijo a Tina

"This should be her last adjustment because she is done growing, and keeping a brace on very much longer will not do any more good." When Tina told me this would be my last brace, I was glad to hear that, and I was hoping my limp would be totally gone once the brace came off.

"Este va a ser su ultimo ajuste porque ya ha terminado de crecer y ya no le serviría de mucho el dejarle la férula por más tiempo" Cuando Tina me dijo que esta sería mi última férula, me dio mucho gusto, y esperaba que yo no cojeara para cuando me la quitaran.

Chapter 5

THE AUDITION

Six weeks later, Dr. Bill came out and removed the last brace. I did not have a chance to see my leg without a brace for almost fifteen months, and I had never seen my leg as it would normally look. I wondered how it would compare to my good leg. When the doctor took off the brace, I was able to get a good look at my leg. I was really quite pleased. Both of my legs looked the same except for a small bump just below my knee. Dr. Bill bent down and took a couple of minutes to examine the leg. I could tell by the look on his face that he was quite pleased as well. Tina and the doctor both noticed the bump on the inside of my leg at the same time. Tina asked Dr. Bill what was the deal with the bump. Dr. Bill explained that sometime during the healing process, a small bone spur develops but that as long as it did not bother Valentina, there was no reason to worry. He also said that it would probably diminish over time and would probably become hardly noticeable. I was very pleased because I had no pain for several months, and I could walk and trot pretty well. During the last few months, Tina had been working with me to be able to carry a rider. We had many enjoyable hours together these past few weeks. Apparently, Tina had told Dr. Bill this at some point because Dr. Bill said, "Go put a saddle on her, and trot her around some so I can see how she looks."

Capitulo 5
LA AUDICIÓN

Seis semanas después, Dr. Bill vino a quitarme la ultima férula. Por casi 15 meses no pude ver mi pierna sin una férula y no podía ver como se veía normalmente. Me preguntaba cómo se iba a ver en comparación con mi pierna buena. Cuando el doctor me checo la férula, pude ver mi pierna y me pareció que se veía bien. Mis dos piernas se veían iguales, excepto por una bolita debajo de mi rodilla. El Dr. Bill se agachó y me examino la pierna por algunos minutos. Pude ver en su rostro que a él también le parecía bien como progresó mi pierna. Tina y el doctor Bill notaron la bolita que tenía a un costado de mi pierna. Tina le pregunto al doctor que porque estaba esa bola allí y el doctor Bill le explico que algunas veces en el proceso de sanación, espolones se desarrollaban pero que mientras no me lastimara no habría de que preocuparse. También dijo que era probable que con el tiempo se hiciera más pequeña y difícil de notar. Yo estaba contenta porque no tuve dolor por muchos meses y podía caminar y trotar sin ninguna dificultad. Durante los últimos meses, Tina había estado trabajando conmigo para que pudiera empezar a cargar a un jinete. Pasamos muchas horas muy divertidas en estas semanas que pasaron. Yo creo que Tina le comentó a Dr. Bill que me había estado entrenando, ya que Dr. Bill dijo "Ensilla a Valentina y hazla trotar para ver como se ve."

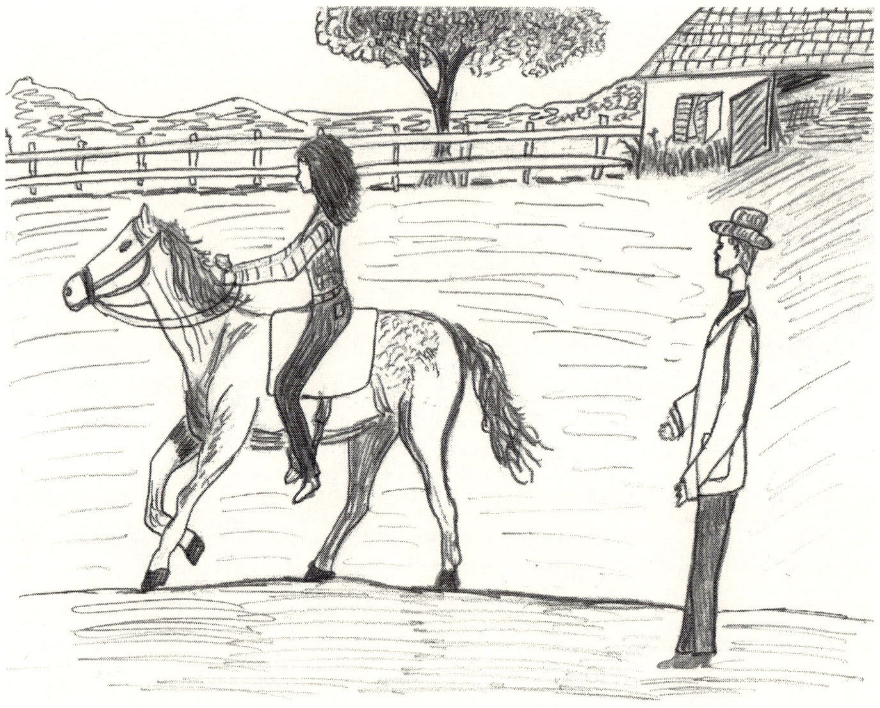

Tina came back riding on my back. I felt so proud because I had been working so hard and looking forward to this moment for a long time. Tina trotted me in a circle in front of Dr. Bill. I could see that he had a smile on his face; I assumed he was pleased with what he saw. I think he had been looking forward to this day as well although maybe with some apprehension because he did not know how my leg would turn out. I could only guess that Tina was smiling as well. The doctor told Tina to go ahead and put me in a lope. Tina had not done this with me yet, but I knew how to do it because I studied all the other horses in the pasture. I watched the other horses gallop around, waiting for the day when I could do that and thinking about my dream. "Are you sure you want me to do this?" Tina said. "I have never put her in a gallop before." Dr. Bill said, "Go ahead, her leg is strong, she will be OK." I was not sure I wanted to do this, but I decided to try it. I started to gallop a little, but suddenly, I stumbled and almost fell. I did not fall, but I think I scared Tina because she quickly stopped me in front of the doctor and just as quickly, jumped down off my back. Tina was worried and, in a concerned voice, asked the doctor if I was OK. Dr. Bill said, "Don't worry, she is just fine. It will just take her a little time to get used to running, that is all." Dr. Bill patted my neck and said, "Good job." I think he meant good job for the past fifteen months, not just for the ride that I just finished. Dr. Bill said, "I think I am done here." Tina shook his hand and said, "Thank you so much for all your work and all your trips out here over the last fifteen months."

"Just keep working with her," he said. With that, he got in his car and headed back to the city. Tina did in fact work with me the whole winter when it was not too cold.

When spring came and the weather was getting warmer, Tina worked with me every day. She worked with me more than her other horses. One warm spring morning, Tina came out and asked me if I wanted to go into town today. I had gone into town with Tina a few times last fall but not for all winter. I enjoyed going into town because I knew it was always a nice, relaxing day. There was a large park especially set up for horses and their owners. The horses enjoyed nibbling on the grasses that lined the path. There were usually many horses in the park because we were so close to Kentucky, and there were many horse ranchers in this area. There were many flower gardens, and everything was so beautiful in the summertime and in the fall. Tina usually liked

Tina regreso montada en mi espalda. Me sentí muy orgullosa porque yo había estado trabajando tan duro y esperando este momento durante mucho tiempo. Tina hizo que trotara en un círculo en frente de Dr. Bill. Pude ver que él tenía una sonrisa en su rostro, yo asumí que estaba satisfecho con lo que vio. Creo el también había estado esperando este día, aunque tal vez con cierta aprensión porque no sabía cómo mi pierna iba a quedar. Me imagino que Tina también estaba sonriendo. El doctor le dijo a Tina que me hiciera correr. Tina nunca antes me había hecho correr, pero yo sabía cómo hacerlo porque había estudiado a los otros caballos en los pastizales. Veía a los otros caballos galopando esperando el día en que yo pudiera hacerlo también y pensando en mí sueño. "¿Estás segura que quieres correr?" Me dijo Tina. Tina dijo "Nunca antes la había hecho galopar." Dr. Bill dijo "Hazlo, su pierna esta fuerte y va a estar bien." No estaba muy segura de querer hacerlo pero, decidí intentarlo. Empecé a galopar un poco, pero de repente, me tropecé y casi me caigo. No me caí, pero creo que Tina se asusto porque me hizo parar rápidamente enfrente del doctor y se bajo igual de rápido de mi espalda. Tina estaba preocupada y con una voz de preocupación le preguntó al médico si yo estaba bien. Dr. Bill dijo, "No te preocupes, ella está bien. Sólo la llevará un poco de tiempo para acostumbrarse a correr, eso es todo." Dr. Bill acarició mi cuello y me dijo:" Buen trabajo. "Creo que quería decir buen trabajo por los últimos quince meses, no sólo por el paseo que acababa de terminar. Dr. Bill dijo: "Creo que yo he terminado aquí." Tina le estrechó la mano y dijo: "Muchas gracias por todo su trabajo y todos sus viajes con nosotros en los últimos quince meses."

"Sigue trabajando con ella," dijo. Con eso, se subió a su coche y se dirigió a la ciudad. De hecho, Tina trabajo conmigo todo el invierno cuando no hacía demasiado frío.

Cuando llegó la primavera y el tiempo se fue calentando, Tina trabajó conmigo todos los días. Ella trabajó conmigo más que con sus otros caballos. Una mañana cálida de la primavera, Tina salió y me preguntó si quería ir a la ciudad hoy en día. Yo había ido a la ciudad con Tina varias veces en el otoño, pero no durante todo el invierno. Me gustaba ir a la ciudad, porque sabía que siempre era un día agradable y relajante. Había un gran parque especialmente creado para caballos y sus dueños. Los caballos disfrutaban mordisqueando la hierba que bordeaba el camino. Había por lo general muchos caballos en el parque porque estábamos tan cerca de Kentucky, y había muchos ganaderos de caballos en esta área. Había muchos jardines de flores, todo era tan hermoso en el verano y en otoño. A Tina por lo general le gustaba

to enjoy the beauty, so she rarely got me past a walk. Sometimes, Tina worked on her rope tricks while she was riding me. It was not like other days at home where my time with Tina was usually an intense workout. Tina quite often stopped at the coffee shop for some time with other horse owners. Sometimes I had to stand for almost an hour, but I did not mind. Quite often, Tina would look at the bulletin board in the coffee shop because people were always selling or wanting to buy horses or equipment. Tina even used the board herself a couple of times. By this time, Tina had figured out that she had a communication system with me, so she shared many things with me. One particular day, Tina came running out of the coffee shop with a piece of paper in her hand. I had never seen her get this excited before over a bulletin board. She said, "Look at this. " The note read, "Horses wanted for a horse circus, free room and board for the horse and we will pay the owner of the horse 50 dollars a month, owners also wanted to work as circus hands, six month minimum commitment required. Come to the Blackwell ranch for application and audition." Everyone around here knew about the Blackwell ranch. John Blackwell lived about one-half-hour north of here, was wealthy, and had quite a few horses. I really wondered why she was excited about that. First, I thought he would have enough horses of his own to start a circus, and second, what would he want with me anyway. I knew no tricks, I was too short, the wrong color, and I still had that bone spur on my leg, and I still limped. I am sure Tina could see my lack of interest, but she was persistent. She said, "I could use the money, and I think it could be fun." I knew that Tina had many vet bills because of all my treatments, and I really wanted to please Tina, so I decided I would go along with her. I did not think the whole thing would go very far anyway. Tina called the phone number to get the details. Tina came back and said there is a group audition tomorrow.

After that, we went home and were back on the road the next morning. When we arrived at the Blackwell ranch, I quickly noticed that there were horses and owners everywhere—many of them beautiful. These horses must have come from a long way. My first thought was, *This is stupid.* There is no way I would be chosen for this, and I was not sure I wanted to do this anyway. We assembled in a very large corral. Mr. Blackwell came out and started to explain the selection process. Mr. Blackwell said, "We will be picking twenty horses in the first round, and out of the twenty, we will pick twelve horses to be in the circus." He

disfrutar de la belleza, por lo que rara vez me llevaba más allá de un paseo. A veces, Tina practicaba sus trucos con su cuerda, mientras que me montaba. No era como los otros días en casa, donde mi tiempo con Tina era por lo general de un entrenamiento intenso. Tina se detenía con frecuencia en la cafetería y pasaba algún tiempo con los propietarios de otros caballos. A veces tenía que esperar por casi una hora, pero no me importaba. Muy a menudo, Tina veía el tablón de anuncios en la cafetería porque siempre había gente que vendía o deseaba comprar caballos y equipos. Inclusive, Tina utilizo este tablón de anuncios un par de veces. Ya ahora, Tina se había dado cuenta de que tenía un sistema de comunicación conmigo, así que compartía muchas cosas conmigo. Un día en particular, Tina salió corriendo de la cafetería con un trozo de papel en la mano. Yo nunca la había visto tan emocionado por algún anuncio del tablón de anuncios. Ella dijo: "Mira esto." La nota decía, "Se buscan caballos para un circo de caballos, alojamiento y comida gratis para el caballo y vamos a pagar al dueño del caballo 50 dólares al mes, también ofrecemos trabajo a los dueños de los caballos para ayudar en el circo, requerimos un mínimo de seis meses de compromiso. Vengan al rancho Blackwell por las solicitudes y audiciones." Todos los de los alrededores conocían el rancho Blackwell. John Blackwell vivía a una media hora al norte de aquí, era rico, y tenía muchos caballos. Me preguntaba por qué Tina estaba emocionada por eso. En primer lugar, pensé que él tenía suficientes caballos propios para iniciar un circo, y en segundo lugar, que querría de mí si yo no sabía hacer ningún truco, estaba muy baja de estatura, tenía el color equivocado, tenía ese espolón en mi pierna y todavía cojeaba. Estoy segura de que Tina podía ver a mi falta de interés, pero era persistente. Ella dijo: "Yo podría utilizar el dinero, y creo que podría ser divertido." Sabía que Tina tenía recibos del veterinario a causa de todos mis tratamientos, y tenía muchas ganas de complacer a Tina, así que decidí que le haría caso. No creía que llegaríamos muy lejos de todos modos. Tina llamó al número de teléfono para obtener los detalles y le dijeron que había una audición de grupo al día siguiente.

    A la mañana siguiente nos dirigimos de vuelta hacia el rancho Blackwell. Cuando llegamos al rancho de Blackwell, rápidamente me di cuenta de que había caballos con sus propietarios por todos lados y muchos de los caballos eran muy hermosos. Estos caballos debieron de haber venido de un largo viaje. Mi primer pensamiento fue: Esto es una tontería. No hay manera de ser elegida para esto, y aparte yo no estaba segura de querer hacer todo esto de cualquier modo. Nos reunimos en un corral muy grande. El Sr. Blackwell salió y comenzó a explicar el proceso de selección "Vamos a escoger veinte caballos en la primera ronda, y de los veinte, vamos a escoger doce caballos para estar en el circo."

also explained how the circus would work. "The downside is that you will spend many hours in a trailer traveling from show to show, and the process can be grueling at times, but the upside is that you will all learn a trick, and the performances could be fun." After he explained the six-month commitment and the rest of the details, he told the owners they could leave with their horses now and not go through the selection process. None of the horse owners decided to leave. Mr. Blackwell had all the horses start to walk in a circle around the corral. First, we walked and then we trotted and then we loped a little. This time when we loped, I did not stumble, but I still did not feel very comfortable at this pace yet. As we paraded around, I noticed a young girl standing next to Mr. Blackwell. I did not know who she was, but I noticed that she seemed to be picking some of the horses. As the girl and Mr. Blackwell pointed to each horse, the men in the ring quickly escorted the chosen horses out of the corral. I figured that once they were escorted out, they were done and out of the competition. When there were twenty-one horses left, the girl finally pointed to me. "Good," I thought. Tina and I could go home and forget about this whole thing. As I was being escorted out, I heard Mr. Blackwell say, "OK, we are done here, the rest of you can go home."

"What! I am in the group of horses that are finalists, this cannot be." Mr. Blackwell came into the other corral where we were gathered and said to all of us, "We will be picking twelve horses to be in our circus, and the rest of you will be kept on our alternate list for a future time." As we started to walk around again, I could see Tina come into the corral out of the corner of my eye, and I remembered why I was even doing this. One by one, Mr. Blackwell picked out eleven horses to be in his circus. This had been going on all day, and I was getting very tired. All I wanted to do was go home and rest. If I was not picked, at least I could say that I tried, and she would not have to know I did not want to be picked. Finally, Mr. Blackwell said, "My granddaughter will be picking the final horse."

También explicó cómo el circo iba a funcionar. "La desventaja es que van a pasar muchas horas en un remolque que se desplaza de espectáculo en espectáculo, y a veces el proceso puede ser agotador, pero la ventaja es que todos van a aprender un truco, y las actuaciones serán divertidas." Después de que explicó que el compromiso era por seis meses y el resto de los detalles, les dijo a algunos propietarios que podían salir con sus caballos y no pasar por el proceso de selección. Mr. Blackwell puso a todos los caballos a caminar en un círculo alrededor del corral. Primero caminamos, luego trotamos y después galopamos un poco. Esta vez, cuando galopamos no tropecé, pero yo todavía no me sentía muy cómoda a este ritmo. A medida que desfilamos alrededor, yo vi una muchacha de pie junto a Sr. Blackwell. No sabía quién era, pero me di cuenta de que ella parecía estar escogiendo algunos de los caballos. Cuando la muchacha y el Sr. Blackwell señalaron a cada caballo, los hombres en el ruedo rápidamente escoltaban a los caballos elegidos fuera del corral. Yo Pensé que cuando eran llevados fuera del corral, era porque estaban fuera de la competencia. Cuando quedaban veintiún caballos, la chica finalmente me señaló. "excelente" pensé. Tina y yo podemos ir a casa y olvidarnos de todo esto. Mientras era escoltada, oí al Sr. Blackwell decir: "Bueno, ya acabamos aquí, el resto de ustedes pueden volver a casa."

"¿Qué? Yo estoy en el grupo de caballos que son finalistas, esto no puede ser." Mr. Blackwell llegó al otro corral donde estábamos reunidos y nos dijo: "Vamos a escoger a doce caballos para que estén en nuestro circo, y el resto de ustedes se mantendrá en nuestra lista de alternativas para el futuro. "Cuando empezamos a caminar otra vez, vi de reojo a Tina entrando en el corral y recordé el porqué estaba haciendo esto. El Sr. Blackwell seleccionó once caballos para su circo uno por uno. Esto duro todo el día y yo estaba muy cansada. Todo lo que quería hacer era ir a casa y descansar. Si no quedaba elegida, por lo menos podría decir que lo intente, y Tina no se daría cuenta que no quería ser elegida. Por último, el Sr. Blackwell dijo: "Mi nieta va a escoger el caballo final."

Chapter 6

HER NAME IS MARIE

As we kept walking in a circle, I could see Tina, as well as the rest of the owners in the ring looking very intently at the little girl. Apparently, it was important to have their horses in the circus. By this time, I really wanted to be picked, as well, because I knew it was important to Tina. By the time I was right in front of the little girl, I saw her point to me and say to Mr. Blackwell "I want that one." I heard him say, "Are you sure, that one which is small and walks with a slight limp?" The little girl said, "Yes, I am sure that is the one I want."

"All right," Mr. Blackwell said, "if you are sure." Tina ran over to me as the rest of the horses were dismissed. She seemed excited that I was picked although I am not sure why because I had a sense that this, for the most part, was not going to be that much fun. The ringmaster announced that the training and practice for the horses would start right away the next morning. Tina was unable to get on as a hired hand. Tina said good-bye, but she said she would come up to visit me before we headed out on the road.

A separate barn was waiting for the chosen twelve. I figured that we would meet Mr. Blackwell's horses eventually. I did not care if I met any other horses right now, anyway, because I was so tired. It had been a long day for me, so all I wanted to do is rest. I was restless during

Capítulo 6
SU NOMBRE ES MARÍA

Cuando seguimos caminando en el ruedo, podía ver a Tina, así como al resto de los propietarios en el círculo mirando muy fijamente a la niña. Al parecer, era algo importante tener a sus caballos en el circo. En ese momento, también yo tenía muchas ganas de ser elegida, ya que sabía que era importante para Tina. En el momento en que estaba justo en frente de la niña, la vi apuntando hacia mí y diciéndole al Sr. Blackwell "quiero ese caballo." Sr. Blackwell dijo "¿Estás segura de que quieres ese pequeño caballo que camina con una pata coja?" La niña dijo:" Sí, estoy segura de que es el que quiero."

"Muy bien," el Sr. Blackwell dijo "si estás segura." Tina corrió hacia mí cuando el resto de los caballos fueron descalificados. Parecía emocionada de que me eligieron, aunque yo no estaba segura por qué ya que tenía la sensación de que esto, en su mayor parte, no iba a ser tan divertido. El maestro de ceremonias anunció que la formación y la práctica de los caballos comenzarían de inmediato a la mañana siguiente. Tina no tuvo la oportunidad de ser contratada como ayudante del circo, así es que dijo adiós, pero dijo que vendría a verme antes de que saliéramos de viaje.

Nos llevaron a otro establo a los doce elegidos. Pensé que eventualmente conoceríamos a los caballos del Sr. Blackwell. No me importaba conocer a ningún otro caballo en ese momento ya que, de todas formas estaba muy cansada. Había sido un día largo para mí, así que todo lo que quería hacer era descansar. Estuve inquieta durante

the night, probably because I did not know what to expect, and I was thinking about Tina. I really wished she had hired on so I could continue to see her. I decided that I would do the best I could and work hard at whatever I had to do.

The next five weeks were tough and demanding. Each trainer worked with two horses to teach us our tricks and develop us as circus performers. My trainer told me that his name was Phillip, but I discovered that he did not have the gift of being able to hear my voice, so that made it more difficult to work with him. Phillip was a very handsome man who appeared to be in his midtwenties. He had a light brown complexion with short brown hair. He had an average height and was quite slender. Phillip was very patient with my training partner and me; he never got angry or was mean to us. My training partner was a small mare like me but had nicer color and a beautiful motion when she walked. Her name was Fruitcake. She told me that she was renamed Fruitcake because she really liked apples. Our training schedule consisted of four hours in the morning of training and learning our individual tricks and another three hours in the afternoon of practicing the whole circus routine with all the other horses. It was critical that Fruitcake and I worked in perfect unison because our act involved a gymnast named Natalia. Natalia was a pretty girl with short blond hair. The first thing I noticed about her was her beautiful blue eyes. I guessed that she could not have been more than nineteen or twenty. Our act consisted of a platform strapped across both of our backs with Natalia doing stunts while we were at a full gallop. At first, it was very tough because Fruitcake ran naturally faster than me, and that caused some tense moments between us. However, eventually, Fruitcake learned how to slow down to match my pace, and by the end of the five weeks, we worked pretty well together and were having fun together.

A lot of tension filled the afternoon sessions. All the horses in the circus had to work together as a group, and it quickly became apparent it was the owners' twenty horses against the twelve of us. The trainers did their best to keep us apart at first because they knew there would be this tension between us, but they also knew that we would have to work together more and more as the training progressed. As long as the trainers were around, the other horses were nice to the twelve of us, but they used every opportunity they could to show us they did

la noche, probablemente porque no sabía qué esperar, y pensaba en Tina. Yo realmente deseaba que ella hubiera sido contratada, ya que así podría verla. Decidí que iba a hacer lo mejor que pudiera y trabajaría duro en todo lo que tuviera que hacer.

Las siguientes cinco semanas fueron duras y exigentes. Cada entrenador trabajó con dos caballos que nos enseñaban trucos y nos ayudaban a desarrollarnos como artistas de circo. Mi entrenador me dijo que se llamaba Felipe, pero descubrí que no tenía el don de ser capaz de oír mi voz, por lo que fue más difícil trabajar con él. Felipe era un hombre muy apuesto, que parecía estar en sus veinticinco años. Tenía una tez de color marrón claro con el pelo castaño y corto. Tenía una altura media y era bastante delgado. Felipe fue muy paciente con mi compañero de entrenamiento y conmigo, nunca se enfadaba o se portaba mal con nosotros. Mi compañero de entrenamiento era una yegua pequeña como yo, pero tenía mejor color y un muy buen movimiento al caminar. Su nombre era Fruitcake. Ella me dijo que le cambiaron su nombre a Fruitcake porque le gustaban mucho las manzanas. Nuestro programa de entrenamiento consistía de cuatro horas en la mañana de entrenamiento y de aprender los trucos de cada uno y otras tres horas en la tarde de la práctica de rutina de circo con todos los demás caballos. Era fundamental que Fruitcake y yo trabajáramos en perfecta armonía, porque nuestro acto implicaba a una gimnasta llamada Natalia. Natalia era una chica guapa con el pelo corto y rubio. La primera cosa que noté en ella era sus hermosos ojos azules. Supuse que no podía tener más de diecinueve o veinte años. Nuestro acto consistía en una plataforma atada a través de nuestra espalda con Natalia haciendo acrobacias mientras estábamos en pleno galope. Al principio, fue muy duro porque Fruitcake corría, naturalmente, más rápido que yo, y esto causó algunos momentos de tensión entre nosotros. Sin embargo, finalmente, Fruitcake aprendió a reducir la velocidad para galopar a mi ritmo, y al final de las cinco semanas, trabajamos muy bien juntas y nos divertíamos mucho.

Había mucha tensión en las sesiones de entrenamiento de la tarde. Todos los caballos del circo trabajábamos en grupo y era muy evidente que eran los veinte caballos del dueño del circo contra los otros doce de nosotros. Los entrenadores hicieron todo lo posible para mantenernos separados al principio, porque sabían que iba a haber esta tensión entre nosotros, pero también sabían que tendríamos que trabajar juntos más y más conforme el entrenamiento iba avanzado. Mientras los entrenadores estaban alrededor, los otros caballos se portaban bien con los doce de nosotros, pero utilizaban cada oportunidad que tenían para hacernos sentir que

not want us here. We tried to ignore them as much as we could, but sometimes, it was tough. Not all the twenty horses shunned us though. There was a pair of Shetland ponies that tried to befriend Fruitcake and me as best as they could from a distance. They must have known that I would be picked on more because I was not physically perfect. They had to be careful because if the leader of the twenty saw them being nice to me, they too would be picked on. One afternoon before the training session, the two Shetlands found a way to be alone with me for a few moments. "We know what is going on here," one of the ponies said. "Since we are small, we were picked on too when we first arrived here at the ranch." "How did you get accepted into the group?" I asked one of the ponies. "We learned that we had to do exactly as King said, and eventually we were accepted," the one pony said. "You are going to have to be able to do the same thing and then everything should be OK." "Who is King?" I asked. The one pony said, "Ching is one of the big Clydesdales, but everyone calls him King, and his partner's name is Koucha." I had seen those two from a distance, so I knew whom he was talking about. One of those two was just a touch bigger, so I assumed that was King. King appeared to be almost twice as tall as me and probably weighed about eight hundred pounds more than me. I remembered that my name stood for bravery, and I was not willing to be in complete submission to anyone except my owner or trainer. I asked the ponies what their names were. They said their names were Douglas and Steven. I remember thinking that the horses on this ranch have strange names but—oh well. I said to Douglas, "What happens if I try to stand up to King?" Douglas said, "Then he will cause something to happen so you will be sent home and not be able to finish your six-month commitment." I did not want to be sent home because I did not want to let Tina down.

During the first two weeks of practice, there was no opportunity for any of the twenty horses to touch us. The trainers knew of the tension and were very careful not to let any of the twelve of us alone with the other horses. The tension also created a problem. Because we could not bond as a team, our group sessions were not progressing well. There were three different things that all the horses did as a team—two group acts and the procession at the beginning of the show. For the procession, we were all to march into the arena in single file, proceed past the audience, and march back out of the arena. Mr. Blackwell's

no nos querían aquí. Tratamos de ignorarlos todo lo que podíamos, pero a veces, era difícil. No todos los veinte caballos nos rechazaban. Había un par de ponies Shetland que trataban de hacer amistad con Fruitcake y conmigo desde la distancia. Creo que ellos sabían que me iban a molestar más a mí porque no estaba completamente normal físicamente. Ellos tenían que ser cuidadosos de que el líder de los veinte no se diera cuenta de que eran buenos conmigo, porque de otra forma los molestarían a ellos también. Una tarde antes de la sesión de entrenamiento, los dos ponies Shetland encontraron la manera de estar a solas conmigo por unos momentos. "Sabemos lo que está pasando aquí," dijo uno de ellos. "Ya que somos pequeños, nos empezaron a molestar cuando llegamos por primera vez al rancho." "¿Cómo lograron ser aceptados en el grupo?", Le pregunté a uno de los caballos. "Nos dimos cuenta de que teníamos que hacer exactamente lo que el Rey decía y poco a poco fuimos aceptados," dijo el pony. "Vas a tener que hacer lo mismo y entonces todo va a estar bien." "¿Quién es el Rey?" Le pregunté, uno de ellos dijo, "Ching es uno de los grandes Clydesdales, pero todos lo llaman el Rey, y el nombre de su compañero es Koucha." Yo los había visto desde lejos, así es que si sabía de quienes estaban hablando. Uno de ellos estaba un poquito más grande, por eso asumí que ese era el Rey. Rey parecía estar dos veces más alto que yo y probablemente ochocientas libras más que yo. Me acordé que mi nombre quería decir valentía y no estaba dispuesta a estar en completa sumisión de nadie excepto de mi dueño o mi entrenador. Les pregunte a los ponies cuáles eran sus nombres. Ellos dijeron que eran Douglas y Steve. Me acuerdo que pensé que todos los caballos en este rancho tenían nombres raros. Le dije a Douglas, "Que pasaría si trato de revelarme contra el Rey? Douglas dijo "Entonces el ocasionará que algo pase para que te manden de regreso a tu casa y no puedas terminar tu contrato de seis meses" Yo no quería que me mandaran de regreso a mi casa porque no quería defraudar a Tina.

Durante las dos primeras semanas de práctica, no hubo oportunidad para cualquiera de los veinte caballos de que nos tocaran. Los entrenadores sabían de la tensión que había y tuvieron mucho cuidado de no dejarnos a los doce de nosotros a solas con los otros caballos. La tensión también creó un problema. Ya que no podíamos unirnos en equipo, nuestros entrenamientos de grupo no marchaban bien. Había tres cosas diferentes que todos los caballos teníamos que hacer en equipo—dos actos en grupo y la procesión en el comienzo del espectáculo. Para la procesión, todos teníamos que marchar en la arena en una sola fila, ir más allá de la audiencia, y marchar de regreso fuera de la arena.

idea was to have the least horses go first in the procession with his best horses going last. I was to be the first in the procession because, I think, Mr. Blackwell was embarrassed to even have me in the show. Respecting his granddaughter's wishes was the only reason I was even here. It was obvious that Mr. Blackwell did not care about us very much, but I guess he needed us to have enough horses to do a circus.

I thought about Mr. Blackwell's granddaughter often. I did not see her for the first part of the training. I thought she would come to see me if she was here because there seemed to be some sort of connection between her and me when she picked me to be in the show. She must not have lived with her grandfather but rather lived somewhere else and only came to visit when she could. I was only able to get a quick look at her from a distance, but I remember her appearance well. She was a tall slender girl with the most beautiful black hair that went down to almost her waist. My guess was that she was about eleven or twelve years old.

One morning, as I was finishing my morning hay, the girl walked into the stables with her grandfather. I could see that she was looking for someone. Mr. Blackwell motioned to one of the trainers and he pointed in my direction. I was so hoping she was looking for me because I really wanted to see her close up and meet her. Indeed, as she was getting closer, I could see that she was coming to see me. She was so beautiful. She had dark skin, and when she got close enough, I could see that she had brown eyes. Her complexion looked as though she could be of Mexican descent. The girl got close to me and started stroking my neck. She said, "My name is Maria, what is yours?"

La idea del Sr. Blackwell era dejar a los caballos menos importantes ir primero en la procesión y dejar sus mejores caballos al final. Yo iba a ser el primero en la procesión porque, creo que al Sr. Blackwell se avergonzaba un poco de que yo estuviera en el espectáculo. La única razón por la que yo estaba en este espectáculo era que el Sr. Blackwell quería respetar la decisión de su nieta. Era obvio que al Sr. Blackwell no le interesábamos mucho, pero el necesitaba tener suficientes caballos para hacer un circo.

Pensaba a menudo en la nieta del Sr. Blackwell. No la vi en la primer parte del entrenamiento. Yo pensaba que vendría a verme si estaba aquí, porque parecía que había algún tipo de conexión entre ella y yo cuando me escogieron para estar en el espectáculo. No creo que hubiera vivido con su abuelo, sino más bien vivía en otro lugar y sólo venia a visitar siempre que podía. Yo sólo la pude ver rápidamente desde lejos, pero me acordaba muy bien de su apariencia. Ella era una chica alta y delgada con un bello pelo negro casi a la cintura. En mi opinión ella tenía unos once o doce años.

Una mañana, cuando yo estaba terminando mi pastura por la mañana, la niña entró al establo con su abuelo. Pude ver que ella estaba buscando a alguien. El Sr. Blackwell indico algo a uno de los entrenadores y este señaló en dirección a mí. Yo deseaba que ella me estuviera buscando a mi porque tenía muchas ganas de verla de cerca y conocerla. En efecto, conforme se acercaba, pude ver que ella venía a verme. Era muy hermosa. Tenía la piel oscura, y cuando llegó lo suficientemente cerca, pude ver que tenía los ojos marrones. Su tez parecía que podía ser de ascendencia mexicana. La niña se acercó a mí y comenzó a acariciar mi cuello. Ella dijo: "Mi nombre es María, ¿Cuál es tu nombre?"

Chapter 7

TINA MEETS MARIA

When I heard her say her name, I could not believe my ears. My mind immediately went to the dream that Tina shared with me. The girl's name in the story that my mother told me was Maria as well. I thought, "Could this be fate that this girl's name was Maria, or was it merely a coincidence?" I decided that only time would tell which one it was. I knew that at some point, I had to find out if this girl had the horse-whisperer gift and whether she would be able to communicate with me. I decided this was not the time to do that. I just wanted to enjoy Maria's company; it seemed to be that she was enjoying my company. While Maria was stroking my neck and mane, she started to explain to me that she was going to be able to spend the entire summer with her grandfather. Maria said that her grandpa had a travel trailer and that she would be traveling with the circus. I was excited about that because I was really looking forward to getting to know her better. Maria also told me that she was twelve years old and lived about two hours east of here with her mother. She did not share what happened to her father; I figured I might learn that at some point later. Mr. Blackwell said, "We have to go now, we have to go make some supper."

"OK, Grandpa," she said. "I will see you tomorrow."

Capitulo 7
TINA CONOCE A MARÍA

Cuando escuche su nombre, no lo podía creer. Mi mente inmediatamente se fue al sueño que Tina compartió conmigo. El nombre de la niña en la historia que mi madre me contó también era María. Y pensé "¿Podría ser el destino que el nombre de esta chica era María, o fue simplemente una coincidencia?" Decidí que sólo el tiempo diría cuál era la razón. Yo sabía que en algún momento, tenía que averiguar si esta chica tenía el don de entender a los caballos y si ella sería capaz de comunicarse conmigo. Decidí que no era el momento de hacerlo. Yo sólo quería disfrutar de la compañía de María, y parecía ser que ella estaba disfrutando de mi compañía también. Mientras que María me acariciaba el cuello y la melena, comenzó a explicarme que iba a pasar todo el verano con su abuelo. Maria dijo que su abuelo tenía un tráiler de viaje y que viajaría con el circo. Yo estaba emocionada por eso, porque tenía muchas ganas de llegar a conocerla mejor. María también me dijo que ella tenía doce años y vivía con su madre cerca de dos horas al este de aquí. Ella no dijo que había pasado con su padre, pensé que yo me enteraría de esto en algún otro momento. Sr. Blackwell dijo: "Tenemos que irnos ahora, tenemos que ir a hacer algo para cenar."

"Está bien abuelito" dijo ella. "Te veo mañana."

In fact, she did come to see me every day at about the same time. I was able to learn she was a horse whisperer and could talk to me and understand me as well. We talked about many different things. One day, she brought a copy of the program the audience would receive as they came into the tent. She told me the program explained each act and gave a little profile of each horse that was involved. She read my profile to me, which explained how I was born with a crooked leg, had surgery, and had braces on for fifteen months after the surgery. She decided not to tell anyone that she could understand me because no one would believe her anyway. We decided to make that our little secret. The one thing that she could not understand from me was, when I tried to share with her my dream of riding into an arena with a beautiful saddle and a beautiful rider. I hoped Tina would share that with her at some point. I was still hoping that Tina would come to visit me before we went on the road. She had better make it soon because we were scheduled to start our tour in about a week and a half. I knew she would come if possible, but I also knew that she also had many duties on her horse ranch, so I would understand if she could not make it.

The final week of practice was very hectic. The trainers had many details to take care of, as well as continuing to work on all the acts. They barely had any chance to spend time with us outside of training time. Most of the other horses still were not talking to us or making any extra effort to associate with us, so mostly, we stayed as two separate groups except for group-training time. In spite of the tension, I think all the trainers thought their horses were ready to perform. There were many trucks coming into the stable area, bringing in equipment and supplies. All the support staff were busy trying to figure out how to haul all the horses and the equipment to the different locations we would be going to on the road. I was a little uneasy about whom I was going to be paired up with because it looked liked the trailers were set up to haul four horses each.

The final weekend before we were to head out on the road, Tina did come up to see me. Tina and I had an enjoyable day; she actually took me for a ride out into the countryside. Tina commented that I looked good and only noticed a slight limp. The country was once again beautiful because everything was green, and there were many wildflowers already in full bloom. The time Tina and I spent together was great because it reminded me of the days we would ride together

De hecho, ella venia a verme todos los días a la misma hora. Me di cuenta de que ella podía entenderme y podía comunicarse conmigo. Hablamos de muchas cosas diferentes. Un día, trajo una copia del programa que iba a recibir la audiencia al entrar a la carpa. Ella me dijo que el programa explicaba cada acto del espectáculo y daba una pequeña descripción de cada caballo que formaba parte del show. Ella me leyó mi perfil, explicaba cómo había nacido con una pierna torcida, y que me sometieron a cirugía, y había usado férulas por los siguientes quince meses después de la cirugía. Ella decidió no decirle a nadie que me entendía, porque nadie le creería de todos modos. Decidimos dejarlo como nuestro secreto. La única cosa que ella no podía entenderme bien era cuando trataba de compartir con ella mi sueño de estar en el escenario con una hermosa jinete montada en una hermosa silla. Tenía la esperanza de que Tina compartiera esto con ella en algún momento. Anhelaba que Tina viniera visitarme antes de salir a viajar con el circo. Pensé que tendría que venir pronto ya que estaba programado que saldríamos en una semana y media a comenzar el recorrido. Sabía que si le era posible vendría a verme, pero también sabía que Tina tenía muchos otros deberes en su rancho de caballos, así que yo entendía si ella no pudiera venir.

La última semana de práctica fue muy agitada. Los entrenadores tenían muchos detalles que cuidar, así como seguir practicando todos los actos. No tenían ninguna otra oportunidad de pasar tiempo con nosotros fuera del horario de entrenamiento. La mayoría de los otros caballos seguían sin hablarnos ni hacían ningún esfuerzo adicional para asociarse con nosotros, por lo que nos quedamos como dos grupos separados, excepto cuando teníamos entrenamiento de grupo. A pesar de la tensión, creo que todos los entrenadores pensaban que sus caballos estaban listos para el espectáculo. Había muchos camiones que llegaban a la zona del establo que traían equipo y suministros. Todo el personal de apoyo estaba ocupado tratando de encontrar la manera de transportar todos los caballos y el equipo a las diferentes localidades en donde nos presentaríamos. Yo estaba un poco inquieto por qué no sabía con quien me iban a poner en el tráiler ya que eran remolques para cuatro caballos.

El último fin de semana antes de que fuéramos de viaje, Tina vino a verme. Tina y yo tuvimos un día muy agradable; de hecho me llevó a dar un paseo al campo. Tina comentó que me veía bien y sólo notaba una leve cojera. El campo estaba hermoso porque todo era de color verde, y las flores silvestres ya habían florecido. El tiempo de Tina y yo pasamos juntas fue grandioso, porque me recordó de los días que cabalgábamos

back at Tina's ranch. Tina even showed me a few new rope tricks that she had learned.

When Tina and I got back to the stables, it was past the time when Maria usually visited me every day. I had to find a way for Tina and Maria to meet. On the outside chance that Maria was the girl who would be helping me fulfill my dream, I had to find a way for Tina to tell Maria my dream before we left on Monday morning. As we approached the stables, I could see Maria heading back toward the house. I knew she had already been to the stables. She probably missed seeing me as much as I missed seeing her. I had to do something. I started heading toward Maria, and in spite of Tina trying to guide me back to the stables, I was not going to be deterred. Tina tried to stop me, but I ran as fast as I could until I came alongside Maria. Maria turned quickly because she did not see who it was, and we startled her. Maria said, "Hello, Valentina, I thought I had missed you." Tina jumped off me and said, "Hi, my name is Tina, I am Valentina's owner, what is your name?" Maria said, "My name is Maria, I am Mr. Blackwell's granddaughter." I could tell by Tina's facial expression that she was as surprised by her name as I was. At that moment, Tina realized why I had forced my way over to Maria's side, and she knew by intuition that she had to share the dream with Maria. We continued to walk with Maria to the house as Tina shared about the beautiful horse with a sparkling saddle and a stunning female rider whose name was Maria and how that dream was Valentina's dream. Maria listened to the details of the dream with amazement. Tina left on Sunday night to go back to her ranch.

juntas en el rancho de Tina. Incluso, Tina me mostró un par de trucos nuevos que había aprendido con la soga.

Cuando Tina y yo volvimos a los establos, ya había pasado la hora en la que María me visitaba normalmente todos los días. Yo tenía que encontrar una manera para que Tina y María se conocieran. En la remota posibilidad de que María fuera la niña que me ayudaría a realizar mi sueño, yo tenía que encontrar la manera de que Tina le contara a María mi sueño antes de partir en la mañana del lunes. Cuando nos acercamos a los establos, pude ver a María caminando de regreso a su casa. Yo sabía que ella ya había estado en los establos. Probablemente ella me extrañaba así como yo a ella. Tenía que hacer algo. Empecé a dirigirme hacia María, a pesar de que Tina intentaba guiarme de vuelta a los establos, yo estaba determinada a ir hacia María. Tina trató de detenerme, pero yo corrí tan rápido como pude hasta que me encontré al lado de María. María se volvió rápidamente, porque no vio quién era, y esto la sobresaltó. María dijo: "Hola, Valentina, yo pensaba que no te iba a ver." Tina saltó y dijo: "Hola, mi nombre es Tina, soy propietaria de Valentina, ¿cómo te llamas?", Dijo María, "Mi nombre es María, soy nieta de Mr. Blackwell." Me di cuenta por la expresión facial de Tina que se sorprendió al oír su nombre, al igual que yo. En ese momento, Tina se dio cuenta de por qué había forzado mi camino hacia el lado de María, y ella sabía por intuición que tenía que compartir el sueño con María. Seguimos caminando con María hacia la casa mientras Tina compartía con ella sobre el hermoso caballo con una silla de brillantes y una estupenda mujer jinete que se llamaba María y que el sueño era el sueño de Valentina. María escuchaba los detalles del sueño con asombro. Tina se fue la noche del domingo para regresar a su rancho.

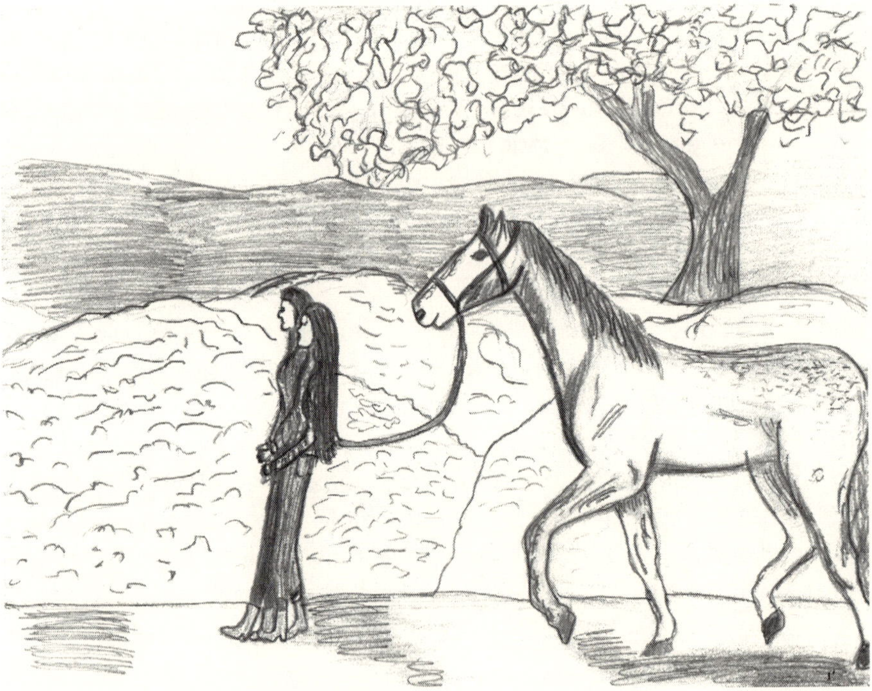

Chapter 8
LET THE SHOW BEGIN

When Monday morning came, the six trainers in our stable were quite busy. They were double-checking to make sure they had all the equipment they needed for the twelve of us to live on the road and to do our act. They were also quite busy carrying all the stuff outside to load it up in the trailers. When Phillip finally brought Fruitcake and me outside to put us in the trailer, I was somewhat surprised. I expected to see trucks and trailers that were used but still in good shape. Instead, I saw three brand-new trucks and three brand-new four horse trailers. I had only seen Mr. Blackwell a few times when he came with his granddaughter to the stables, but I did not know what kind of man he was. I had heard rumors that he was a man who liked to show off his wealth. When he did the auditions, I got the impression that he liked to show off his horses as well. Sometimes I even wondered why he brought twelve horses in that he did not own. Why did he not just use his own horses for the circus? That was an answer that I did not know and did not need to know. I do know that he really did not pay much attention to the twelve of us. He made that obvious during training because he quite often was among the twenty of his own horses, but he never once came to watch any of the twelve of us during training. Even the three trailers in front of our stable were labeled with the

Capítulo 8
QUE EMPIECE EL ESPECTÁCULO

Cuando llegó la mañana del lunes, los seis entrenadores en nuestro establo estaban muy ocupados. Checaban dos veces que tuvieran todo el equipo necesario de los doce caballos para vivir y para llevar a cabo todos los actos del espectáculo. Llevaban todas las cosas fuera para cargar el remolque. Cuando Felipe nos trajo a Fruitcake y a mí fuera para ponernos en el tráiler, me sorprendí un poco. Yo esperaba ver camiones y remolques usados, pero todavía en buen estado. En cambio, vi a tres flamantes camionetas y tres flamantes remolques de cuatro caballos. Yo sólo había visto al Sr. Blackwell un par de veces cuando él vino con su nieta a los establos, pero yo no sabía qué clase de hombre era. Yo había oído rumores de que él era un hombre al que le gustaba hacer alarde de su riqueza. Cuando hizo las audiciones, me dio la impresión de que a él le gustaba presumir sus caballos. A veces hasta me pregunté por qué contrató doce caballos que no eran los de él. ¿Por qué no utilizo sus propios caballos para el circo? Esa fue una respuesta que yo no sabía y no necesitaba saber. Lo que sí sé, es que no nos prestaba mucha atención a los doce de nosotros. Lo hizo evidente durante los entrenamientos, ya que muy a menudo estaba entre los veinte de sus propios caballos, pero nunca venia a vernos a ninguno de los doce de nosotros. Incluso los tres tráileres en frente de nuestro establo fueron marcados con los

numbers six, seven, and eight, which to me meant that his horses got trailer numbers one through five.

Fruitcake and I were the first two in the trailer. Our other two trailer partners were Moonbeam and Cupcake. They were a pair of beautifully matched quarter horses. I only knew their names so far, but I knew I would get to know them a lot better as we traveled. We were able to get on the road early in the morning. As we started down the road, I remember wondering why I was even doing this, but my mind went back to Tina. I was wondering if Tina also had a dream to do her rope tricks in front of a crowd. If she had a dream, she never shared it with me. I was thinking a lot more about my dream as well. If I was going to accomplish my dream, I would have to be able to get Mr. Blackwell to notice me, and I knew that the only way to do that was through Maria. As we started down the road, I wondered how long this first trip would be, and I thought about how these trailer rides were going to get old in a hurry. Fortunately, Fruitcake was beside me, so we could help each other pass the time. I figured there was going to be a lot more interaction between the twelve of us and Mr. Blackwell's twenty horses because most places where we would be performing would not have separate stables. I could only imagine how much those horses were going to bully us because the trainers could not watch us twenty-four hours a day. I knew I had to decide to be strong and do the best I could to stand up for myself. As we rode along, Fruitcake shared how excited she was to be performing in front of people. That helped my spirits, and I got excited as well.

We arrived at our destination about midday, and our first performance was that evening. Phillip got us out of the trailer and let all of us into a large corral so we could run around and work out the kinks from the ride. For the most part, the two groups of horses stayed separate from each other except Steven and Douglas who came over and tried to talk to Fruitcake and me. King wasted no time coming over and sternly said to Steven and Douglas, "Stay away from those horses." King said to me, "I know who you are, the only reason you are here is because of Mr. Blackwell's precious little granddaughter. Do not even think that fact is going to help you for very long. There is no way you are going to be a success in this circus, so you might as well go home to your mother." I knew that I was destined to confront King at some point, but now was not the time, so I simply said, "We will see." Then I

números seis, siete y ocho, que para mí significaba que sus caballos estaban en los tráileres del uno al cinco.

Fruitcake y yo fuimos los dos primeros en el tráiler. Nuestros otros dos compañeros en el remolque se llamaban moonbeam y cupcake. Eran un par de caballos cuarto de milla. Yo sólo sabía sus nombres hasta ese momento, pero yo sabía que iba a llegar a conocerlos mucho mejor durante los viajes. Pudimos salir a la carretera temprano en la mañana. Cuando nos íbamos alejando, recuerdo que aun me preguntaba por qué estaba haciendo esto, pero mi mente volvió a Tina. Me preguntaba si Tina también tuvo algún día el sueño de hacer sus trucos con la soga frente a una multitud. Si ella tuvo algún sueño, nunca lo compartió conmigo. También pensaba mucho acerca de mi sueño. Si yo iba a cumplir mi sueño, sabía que tenía que ser capaz de obtener que el Sr. Blackwell se fijara en mí, y yo sabía que la única manera de hacerlo era a través de María. Cuando empezamos a andar en la carretera me preguntaba qué tan largo iba a ser este viaje, y pensé que estos viajes en los tráileres se iban a ser muy aburridos. Afortunadamente, Fruitcake estaba a mi lado, por lo que nos ayudábamos una a la otra a pasar el tiempo. Me imaginé que iba a haber más interacción entre los doce de nosotros y los veinte caballos del Sr. Blackwell, porque la mayoría de los lugares en los que hiciéramos el circo no tendrían establos separados. Sólo podía imaginar cómo nos iban a molestar ya que los entrenadores no podrían estar vigilándonos las veinticuatro horas al día. Yo sabía que tenía que decidir ser fuerte y hacer lo mejor que pudiera para defenderme. Cuando viajábamos, Fruitcake compartió conmigo lo emocionada que estaba de presentarse y hacer un numero delante de la gente. Eso me ayudo a subir mi ánimo y también yo me emocioné.

Llegamos a nuestro destino cerca del mediodía, y nuestra primera actuación era esa misma noche. Felipe nos sacó del tráiler a todos en un corral grande para poder correr y estirar las torceduras del viaje. En su mayor parte, los dos grupos de caballos se quedaban separados unos de otros, excepto Steven y Douglas que se acercaron y trataron de hablar con Fruitcake y conmigo. Rey no perdió tiempo en venir y con firmeza dijo a Steven y Douglas, "Manténgase alejado de esos caballos.", King me dijo: "Yo sé quién eres, la única razón por la que estás aquí es por la nieta del Sr. Blackwell. Ni se te ocurra que ese hecho te va a ayudar por mucho tiempo. No hay manera de que seas un éxito en este circo, por lo que te deberías ir a casa con tu madre." Yo sabía que estaba destinada a hacerle frente a Rey en algún momento, pero ahora no era el momento adecuado, por lo que simplemente dije: "Vamos a ver." Entonces

ran off. As I was running off, I heard King yell at me, "Go ahead and run, I thought you were a horse, not a chicken."

I did not talk to King anymore that afternoon. All of us watched the trainers, and support team set up the large tent and the equipment needed for the show in the evening. When everything was set up, Phillip came and got Fruitcake and me ready for the performance. We all were washed and combed down so we could look our best. Finally, the decisive moment had arrived. It was time for the show to begin. We had been working for the last five weeks toward this moment. The first part of the show was the procession. I guess the idea was to build up to a high point at the end of the procession. I would be the first to walk into the ring, and of course, Koucha and King would be the last to come into the cheering crowds. I was a little intimidated, knowing I was the first horse in the first show to go before the audience. I put one foot in front of the other and started to proceed into the ring. The stands were only about two-thirds full. When we started into the ring, the crowd watched in silence as we proceeded by them. Fruitcake was right behind me because we were also the first team to do our routine, so as soon as we got through the ring, Phillip and Natalia were waiting to immediately fit us with the special harness needed to do our routine. I did not have time to wonder about the order in which the rest of the horses came through the ring. I was able to see King come by me as he was leaving the ring. He gave me a nasty stare as if to say your act is going to fail. I just stood there with no emotion on my face at all.

As Fruitcake and I along with Natalia entered the ring to perform, I knew we were all a little nervous. We went through the whole routine with no problems. We were not quite as smooth as we had hoped, but for a first time, the performance was not bad. As the show progressed, I watched some of the other acts, and we performed the other two group acts without any hitches at all. At the end of the show, as we're all heading for our stables for the night, King said to me, "Not bad for a gimp." At first, I thought that he was warming up to me because I did not think he noticed my limp, and I thought he was joking. Then I realized that he must have seen my limp, and I knew he was not joking. I could not help but wonder why King was more aggressive in picking on me. I did not notice that he picked on the other eleven horses as much as he did on me. Some of the other nineteen horses gave me a hard time, but most of them just ignored me. Steven and Douglas were

salí corriendo. Cuando yo estaba corriendo, oí gritar a Rey, "Vamos corre, pensé que eras un caballo, no una gallina."

No hable más con Rey esa tarde. Todos mirábamos a los entrenadores y al equipo de apoyo montar la gran carpa y el equipo necesario para el espectáculo por la noche. Cuando todo se había instalado, Felipe se acercó y nos ayudo a Fruitcake y a mí a estar listas para el espectáculo. Nos lavaron y cepillaron a todos ya que así que nos veríamos mejor. Finalmente, el momento decisivo había llegado. Ya era hora de que el espectáculo comenzara. Habíamos estado trabajando por las últimas cinco semanas por este momento. La primera parte del espectáculo fue la procesión. Supongo que la idea era ir animando poco a poco hasta llegar a un punto alto al final de la procesión. Yo sería la primera en entrar en el ruedo y por supuesto, Koucha y Rey serían los últimos en entrar al ruedo a los aplausos de la gente. Me sentía un poco intimidada sabiendo que yo sería el primer caballo en el primer show de entrar en frente de la gente. Puse un pie delante del otro y comencé a avanzar al ruedo. Las gradas estaban llenas aproximadamente dos tercios de su capacidad. Cuando empezamos a salir al ruedo, la multitud observaba en silencio a medida que avanzábamos. Fruitcake iba detrás de mí, ya que también fuimos el primer equipo en hacer nuestra rutina, así que tan pronto como llegamos del ruedo, Felipe y Natalia estaban esperándonos para inmediatamente ponernos el arnés especial que se necesitaba para hacer nuestra rutina. No tuve tiempo de investigar el orden en el que el resto de los caballos entraban del ruedo. Tuve la oportunidad de ver a Rey venir hacia mi cuando salía del ruedo. Me dio una mirada desagradable como para decirme que mi acto iba a fallar. Yo me quedé sin hacer ninguna expresión en mi cara.

Cuando Fruitcake, Natalia y yo entramos al ruedo para llevar acabo nuestro número, estábamos un poco nerviosos. Terminamos la rutina sin ningún problema. No estuvo tan suave como habíamos esperado, pero para ser la primera vez, no estuvo tan mal. Conforme el show avanzaba, vi algunos de los otros números y también hicimos los otros dos actos en grupo de manera impecable. Al final del espectáculo, ya que todos íbamos en dirección a nuestros establos por la noche, Rey me dijo: "No está mal para una lenta" Al principio, pensé que estaba tratando de portarse mejor conmigo, porque creí que no se había dado cuenta de que cojeaba, y pensé que estaba bromeando. Después me di cuenta de que si debió de haber visto mi cojera, y que no estaba bromeando. Yo no podía dejar de preguntarme por qué Rey era más agresivo conmigo que con los otros once caballos. No molestaba a los otros once caballos tanto como lo hacía conmigo. Algunos de los otros diecinueve caballos medio me molestaban, pero la mayoría de ellos me ignoraban. Steven y Douglas eran

the only two that even tried to talk to me at all. The only thing I could figure was that King somehow knew I had a special relationship with Maria, and he resented that. King's trainer was not very nice to me either. Somehow, it appeared that King had an influence on his trainer instead of the other way around. When we got back to our stables, the trainers did their normal rubdown and said good night. Fruitcake and I talked about the show for a few moments and then we rested for the night.

los únicos dos que incluso trataban de hablar conmigo. Lo único que me podía imaginar era que Rey de alguna manera sabía que tenía una relación especial con María, y eso no le parecía. El entrenador de Rey tampoco era muy amable conmigo que digamos. Parecía como si Rey pudiera influir en sus entrenadores en vez de que fuera al revés. Cuando regresamos a nuestros establos, los entrenadores hicieron su masaje normal y nos dieron las buenas noches. Fruitcake y yo hablamos sobre el espectáculo por unos momentos y luego descansamos durante la noche.

Chapter 9

NATALIE FALLS

The next several weeks on the road were pretty much the same. We generally did three evening shows and one afternoon show in each town. We traveled the day after the last show in a town. The trailer rides were not as bad as I thought they would be. Fruitcake and I, as well as Cupcake and Moonbeam, found different ways to pass the time. I always looked forward to the day after travel because that was a day we did not have any training at all. We spent the other two days working on the individual and group acts. Sometimes the trainers tried new things for us to learn to incorporate into the act. All the horses in their individual acts were getting good, but the trainers were still having trouble getting the two group acts to work smooth. The two groups of horses were speaking to each other for the most part, but King still liked to exert his authority whenever he got the chance. Most of the horses were still somewhat afraid of King, but for some reason, I really was not that afraid of him. I knew he could take me out with one swift kick of his hind leg if he wanted to, but I believed he did not because he knew if he did, he would be out of the circus.

In the first several weeks of the circus, the one thing that did change was that I moved back in the procession several places. I was now behind the other eleven horses of our group and Steven and Douglas

Capítulo 9

NATALIA SE CAE

Las próximas semanas que viajamos eran más o menos iguales. Por lo general, hacíamos tres espectáculos por la tarde y un show al medio día en cada ciudad. Viajábamos al día siguiente del último show en la ciudad. Los viajes en el remolque no estaban tan mal como pensé que serían. Fruitcake y yo, así como moonbeam and cupcake encontrábamos diferentes formas de pasar el tiempo. Yo siempre esperaba que llegara el día después de que viajábamos debido a que era un día que no teníamos ninguna entrenamiento. Pasábamos los otros dos días practicando los actos individuales y de grupo. A veces los entrenadores metían cosas nuevas para que nos aprendiéramos y las incorporaban en las rutinas. Todos los caballos se hacían cada vez mejores en sus rutinas individuales, pero los entrenadores seguían teniendo problemas para que los dos actos de grupo salieran fluidamente. Los dos grupos de caballos hablaban unos con otros en su mayor parte, pero Rey todavía le gustaba ejercer su autoridad cada vez que tenía la oportunidad. La mayoría de los caballos todavía le tenían un poco de miedo a Rey, pero por alguna razón, yo realmente no le tenía miedo. Yo sabía que él me podía sacar con una patada si quisiera, pero creo que no lo hacía porque sabía que estaría fuera del circo.

En Las Primeras semanas del circo, lo que si cambio fue que me movieron varios lugares atrás en la procesión. Ahora estaba detrás de los otros once caballos de nuestro grupo y de Steve and Douglas

as well. I think the trainers moved me back because I was unwilling to let King intimidate me. It was easy to be intimidated because King was of course much larger than I was. I had to make a conscious decision not to be shaken by him. I am sure King and his trainer resented that I was moving closer to them, so the two of them continued to give me a hard time whenever they could.

Maria and I were becoming almost inseparable. Maria was able to convince her grandfather to hire a private tutor so she could travel the whole season with the circus. Maria was a gymnast in school, so she was also able to convince her grandfather to allow her to train with Fruitcake and me to fill in for Natalia if needed. She was progressing well, but our trainer did not feel she was ready to perform in the ring just yet. Maria and I talked a lot about the dream, and there was no question it was becoming our dream. Maria's grandfather was getting to know me better every day because he came to watch Maria train for the act with Fruitcake and me. Maria told me she had not told her grandfather about our dream yet. She told me there was no way he would believe that she could talk to horses. She was waiting for the right time, and she was trying to figure out the right way to tell him so he would believe what she was saying.

También. Creo que los entrenadores me movieron porque yo no estaba dispuesta a dejar que Rey me intimidara. Era fácil dejarse intimidar porque Rey era mucho más grande que yo. Tuve que tomar una decisión consciente de no dejarme sacudir por él. Estoy segura de que a Rey y su entrenador les daba coraje de que me estaban moviendo más cerca a ellos, por lo tanto continuaban molestándome cada que podían.

María y yo éramos casi inseparables. María convenció a su abuelo para contratar un profesor particular para que pudiera viajar toda la temporada con el circo. María era una gimnasta en la escuela, por lo que también fue capaz de convencer a su abuelo para que le permitiera entrenar con Fruitcake y yo para reemplazar a Natalia de ser necesario. Ella estaba progresando bien, pero nuestro entrenador no sentía que estaba lista todavía para salir al escenario. María y yo hablamos mucho sobre el sueño, y no había duda de que se estaba convirtiendo en nuestro sueño. El abuelo de María me estaba conociendo mejor cada día, porque él venía a ver entrenar María el acto con Fruitcake y conmigo. María me dijo que no le había dicho a su abuelo nada acerca de nuestro ensueño todavía. Ella me dijo que no había manera de que él iba a creer que podía hablar con los caballos. Ella estaba esperando el momento adecuado, y estaba tratando de averiguar la mejor manera de decirle para que le creyera lo que estaba diciendo.

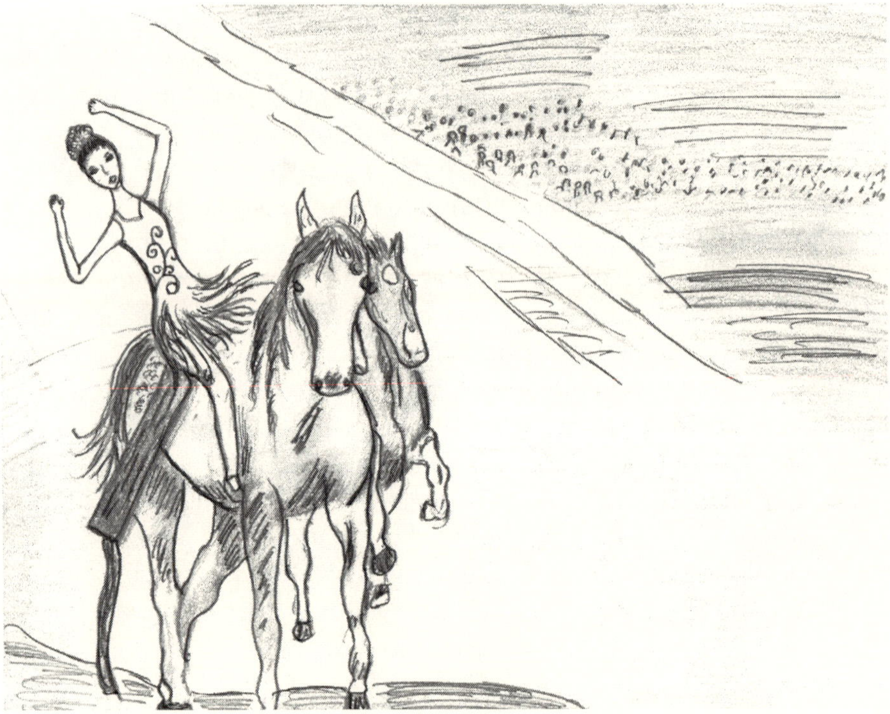

The third evening performance of the sixth week was not routine. The procession to start the show went as planned. Fruitcake and I came into the ring with Natalia on our back as usual. Just as we reached a full gallop, suddenly, I felt the strap around my stomach break. I broke free from the harness, which caused me to stumble and fall. I felt a sudden pain in my leg that I had not felt in some time. I remembered hoping that I did not injure my leg. I knew that Natalia had fallen as well. I was able to get up. I turned around to see Natalia lying motionless on the ground in the middle of the ring. Phillip quickly ran to her side. He yelled for someone to call 911. Phillip told us that she was breathing OK, but she was unconscious. Phillip did not want to move her for fear that she might have a spinal injury. Someone brought a blanket to put over her while we waited for the ambulance. We waited for the ambulance for what seemed a long time. I could see the paramedics unload the gurney from the hole in the tent and make their way to the center ring. By the time they arrived, Natalia was conscious and talking to the paramedics. They put a back brace on her and lifted her onto the gurney. As the paramedics rolled her out of the ring, she was able to wave much to the delight of the crowd.

As soon as we all got out of the ring, Phillip quickly got the harness off Fruitcake so he could inspect it to see what happened. The safety person that traveled with the circus was already heading in our direction. I heard the safety person say to Phillip, "What happened, did you not inspect the harness before you put it on the horses?" As Phillip was looking at the harness, he said, "Of course I did. I check it thoroughly each time." The safety person said to Phillip, "Did you take your eyes off the harness at all after you inspected it?" Phillip said, "There was a scuffle between two horses, so I could have walked away for a minute or so." The safety person said, "That scuffle was staged because this harness has been cut, and someone wanted this act out of the circus." I knew right away who cut the harness. King and his trainer did not like us, but it was obvious there were at least two other horses that still did not like us. I looked down the way in the staging area where King and his trainer were getting ready for King's act because the ringmaster had decided the show must go on. I charged in the direction of King and his trainer. I knew I had to confront King.

El tercer día de la función de la tarde de la sexta semana no fue de rutina. La procesión para iniciar la presentación salió como estaba planeado. Fruitcake y yo entramos en e l ring con Natalia en la espalda, como de costumbre. Cuando íbamos a todo galope, sentí que la correa alrededor de mi estomago se reventó. El arnés se soltó y esto me hizo tropezar y caer. Sentí un dolor repentino en la pierna que no había sentido en mucho tiempo. Me acuerdo que esperaba no haberme lesionado la pierna. Yo sabía que Natalia se había caído también. Yo me pude levantar. Me di vuelta para ver a Natalia y ella yacía inmóvil en el suelo en el medio del ruedo. Felipe rápidamente corrió a su lado. Gritó para que alguien llamara al 911. Felipe nos dijo que ella estaba respirando bien, pero estaba inconsciente. Felipe no la quería mover por miedo a que ella pudiera tener una lesión en la columna. Alguien trajo una manta para poner sobre ella, mientras esperábamos a la ambulancia. Esperamos a la ambulancia por lo que pareció mucho tiempo. Pude ver a los paramédicos descargar la camilla a través de la entrada de la carpa y llegar hasta el centro del ruedo. En el momento en que llegaron, Natalia estaba consciente y hablando con los paramédicos. Le pusieron un corsé para la espalda su espalda y la acostaron sobre la camilla. Cuando los paramédicos la sacaban del ruedo en la camilla, ella pudo mover el brazo para despedirse deleitando a la multitud.

Tan pronto como nos salimos del ruedo, Felipe rápidamente le quito el arnés a Fruitcake para inspeccionar que había pasado. La persona de seguridad que viajaba con el circo, ya venía hacia nosotros. Escuche como la persona de seguridad le preguntaba a Felipe "¿Qué paso, es que no inspeccionaste el arnés antes de ponérselo a los caballos? Cuando Felipe observaba los arneses dijo "Claro que si lo hice. Lo checo completamente cada vez que se va a usar." La persona de seguridad le dijo "¿Le quitaste la vista a los arnés después de haberlo inspeccionado? Felipe dijo: "Hubo una pelea entre dos caballos, pude haberme alejado por un minuto o dos" La persona de seguridad dijo "Creo que la pelea fue actuada ya que el arnés ha sido cortado, parece que alguien quería este número fuera del circo." Supe inmediatamente quien lo había hecho. Rey y su entrenador no nos querían, pero era obvio que había por lo menos otros dos caballos que tampoco nos querían. Volví la cabeza detrás del escenario donde Rey y su entrenador preparaban el número de Rey ya que el presentador había dicho que el show debía continuar. Me fui en dirección de Rey y su entrenador ya que sabía que tenía que enfrentar a Rey.

Chapter 10

THE CONFRONTATION

I got right in King's face and said to him, "What are you doing?" "What are you talking about?" said King. "It was you who put your trainer up to cutting the strap on my harness." "First of all, whatever my trainer did or did not do, he was on his own, and second of all, how could I do anything if I cannot talk to humans like I have heard you can." King said. "I do not know how you did it, but I believe you intended to hurt me, not Natalia." King said, "I do not have time for this right now, I have to go perform." "Do not think this is over," I said. As I was walking away, King kicked up his rear legs and hit me in the left hip. I do not know if he intended to hit me. I went down and could not get up right away. The pain was intense, but I did not think anything was broken. Phillip saw what happened and came over to give me a hand. "Are you OK?" Phillip said. After a few minutes, I was able to get up, but I knew I would have a bruise on my hip. "How is Natalia doing?" Phillip said, "She will have to spend overnight in the hospital, but she should be OK, It looks like she will have to rest for a few days and will not be able to perform." "So what do we do now, can Maria fill in?" I asked Phillip. "I do not feel she is ready yet, but let us see if her grandfather is willing to let her put in some extra time so she can get ready." Fortunately, this

Capítulo 10
LA CONFRONTACIÓN

Me puse frente a la cara de Rey y le dije "¿Qué estás haciendo" "¿De qué hablas?" dijo Rey. "Tú fuiste quien motivo a tu entrenador a cortar la correa de mi arnés" "En primer lugar, lo que haya hecho o dejado de hacer mi entrenador, lo hizo por sí mismo; y en segundo lugar, como podría yo hacer algo asi, si no puedo hablar con los humanos, como he escuchado que tú haces" dijo Rey. "Pues no sé cómo lo hiciste, pero creo que tu intentabas lastimarme a mí, y no a Natalia." Rey dijo "No tengo tiempo para esto ahora, tengo que salir al escenario a hacer mi acto." "Ni creas que esto termina aquí" le dije. Cuando empecé a caminar para retirarme de ahí, Rey pateó su pata trasera y me golpeó en la cadera izquierda. No sé si en realidad era su intención patearme. Me caí y no me podía parar. El dolor era intenso, pero no pensé que nada estuviera fracturado. Felipe vio lo que sucedió y vino a ayudarme. "¿Estás bien? Me preguntó Felipe. Después de unos minutos, me pude levantar, pero sabía que iba a tener un moretón en mi cadera. "¿Cómo esta Natalia?" Felipe dijo: "Se tendrá que quedar en el hospital por esta noche, pero va a estar bien. Tendrá que descansar por algunos días y no podrá salir al escenario" "¿Qué haremos ahora, podría María sustituirla? Le pregunte a Felipe. "No creo que este lista todavía, pero vamos a ver si su abuelo le permite practicar por más tiempo para que este lista" Afortunadamente, este fue

was the last performance for this location, so there would be a couple of days to figure out something.

The next morning, when Phillip arrived in the stable, I could tell he was really feeling low. He seemed like he needed to talk to someone but did not know with whom he could confide. Phillip and I had become close over the past few months. I still could not talk to Phillip, and he did not know that I could understand what he was saying. Phillip began talking to me as if he were talking to himself. Phillip said he was pretty sure he knew who cut the strap on my harness. "I believe King's trainer cut the strap," he said. He shared how he should have been able to prevent the accident by looking at the harness one more time before he put it on my back. He also shared the safety person was considering disciplinary action pending an investigation and that he felt so bad Natalia got hurt when she put all her trust in him. The other thing he said was that he should confront King's trainer, but he did not have the strength. I so wished I could talk to him and tell him to be strong and courageous, but I guess he was going to have to figure that out on his own. I was thinking of a way that Maria or Natalia could tell him what I wanted to tell him, but right now, I could not think of a way to make that happen.

After Phillip left, I needed to talk to King more in our morning exercise time. I knew I would have a chance to talk to him alone, but what if he got mad and decided to hurt me again. I remembered my namesake and decided to do what was right in spite of the risks. When I saw King, he was running with Koucha. I waited until he was alone and approached him. The first thing King said to me was "so what do you want now, gimpy?" I had to resist the urge to sling something back at him; in spite of his words, I needed to respect him. "Your trainer needs to come clean about his involvement with the accident," I said. "Why would he want to do that?" he said. "Phillip might lose his job over this," I said. "Why would I care about you, Phillip, or Natalia?" King said. "Why are you so angry at the world? The fact is, I think deep down you do care. For some reason, you do not want to allow anyone to get close to you or care for you." "You do not know what you are talking about," King said. "Maybe not, but I would like to be your friend if you would let me." I said. "Just think about what I said, I will leave you alone now."

el ultimo show en esta ciudad, así es que habría dos días más para pensar en algo.

A la mañana siguiente, cuando Felipe llegó al establo, me di cuenta de que se estaba sintiendo triste. Parecía que necesitaba hablar con alguien, pero no sabía en quien podría confiar. Felipe y yo nos hicimos buenos amigos en los últimos meses. Todavía no podía hablar con Felipe, y él no sabía que yo podía entender lo que estaba diciendo. Felipe comenzó a hablarme como si estuviera hablando consigo mismo. Dijo que estaba seguro de quien había cortado la correa de mi arnés. "Yo creo que el entrenador de Rey cortó la correa," dijo. Él compartió como pudo haber evitado el accidente si hubiera checado la silla una vez más antes de haberla montado en mi espalda. También dijo que el agente de seguridad estaba considerando una acción disciplinaria basada en la investigación. Dijo que se sentía muy mal de que Natalia se hubiera lastimado, ya que ella había puesto toda su confianza en él. La otra cosa que dijo fue que él debería de enfrentar al entrenador de Rey, pero que no tenía la fuerza. Yo tenía un gran deseo de poder hablar con Felipe y decirle que fuera fuerte y valiente, pero supuse que iba a tener que darse cuenta de eso por sí mismo. Yo buscaba la manera de que María o Natalia pudieran decirle lo que yo quería decirle, pero en ese momento, no podía pensar en ninguna manera de hacer que eso sucediera.

Después de que Felipe se fue, yo tenía que hablar con Rey durante el ejercicio por la mañana. Sabía que iba a tener la oportunidad de hablar a solas con él, pero que pasaría si él se enojaba y decidía hacerme daño otra vez. Me acordé del significado de mi nombre y decidí hacer lo correcto a pesar de los riesgos. Cuando vi que King estaba corriendo con Koucha, esperé hasta que se quedó solo y me acerque a él. La primera cosa que el Rey me dijo fue "¿y qué quieres ahora, renga?" Tuve que resistir la tentación de aventarle o hacerle algo, pero a pesar de sus palabras, tenía que respetarlo. "Tu entrenador tiene que decir la verdad acerca de lo que él tuvo que ver en el accidente" le dije. "¿Por qué querría hacer eso?" dijo. "Felipe podría perder su trabajo por esto," le dije. "¿Por qué me debo de interesar por ti, Felipe, o Natalia?" dijo Rey. "¿Por qué estás tan enojado con el mundo? El hecho es que creo que en el fondo no te da igual y si te interesa. Por alguna razón, tu no permites que nadie se te acerque o se interese por ti" "Tú no sabes ni lo que estás diciendo" dijo Rey. "Tal vez no, pero me gustaría ser tu amiga si me lo permites" le dije "Solo piensa en lo que he dicho, y ahora te dejare en paz".

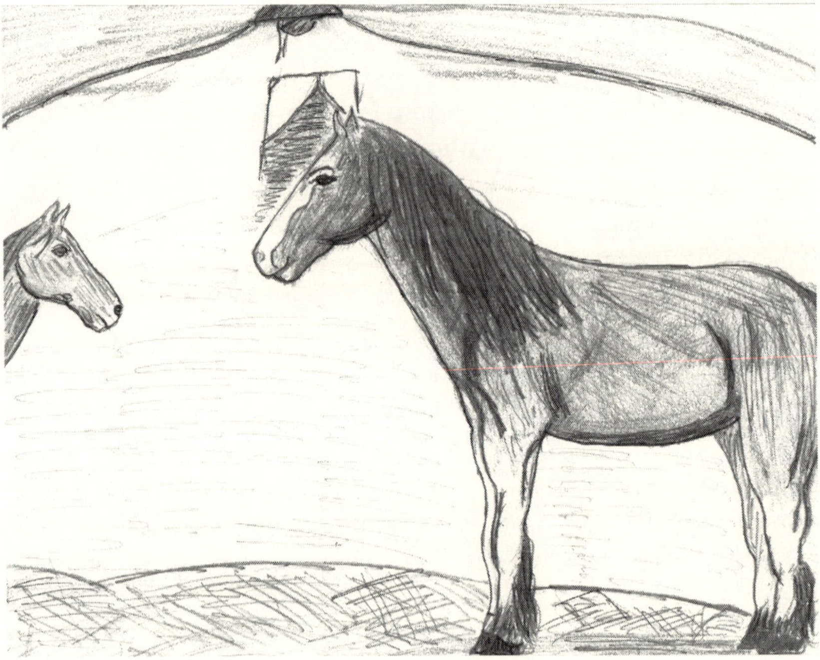

When I got back to the stables, Maria and her grandfather were waiting for me. Maria said, "Grandpa wanted to make sure you are feeling OK. He wanted to know how you are doing before he could agree to let me continue with training to fill in for Natalia." The fact is, I was a little sore from the two falls I took, but I was not going to tell anyone because I would be fine by the time I would have to perform again. "As you can see, she is just fine, Grandpa," Maria said. Mr. Blackwell started talking to Maria, but he looked at me as if he was speaking to me as well. "I know this is important to you, so I guess I am OK for you to continue training." I was so excited that I actually jumped a little without even realizing it. Mr. Blackwell said to Maria, "I see that Valentina is excited about that as well." He was joking because he thought my jumping was just a coincidence, but if he only knew that I heard what he said.

Mr. Blackwell left, but Maria stayed behind to talk to me some more. Maria said, "It is exciting that my grandpa even knows your name." I said to Maria, "That is exciting. If we are going to accomplish our dream, he is going to have to be on board because he is the one that will have to buy the special saddle and bridle. Did you tell your grandpa about the dream yet?" Maria said to me, "Yes, but he thinks it is my dream only, he does not know that it was your dream first." I said to Maria, "That is OK, he does not need to know. If I help you accomplish your dream, then both of us can have our dream.

Cuando llegué de vuelta a los establos, María y su abuelo, me estaban esperando. María dijo: "El abuelo quería asegurarse de que te sientes bien. Quería saber cómo te encuentras antes de que me dejara continuar con el entrenamiento para reemplazar a Natalia." El hecho era que estaba un poco adolorida por las dos caídas que tuve, pero no le iba a decir a nadie porque que estaría bien para cuando tuviéramos que salir al escenario una de nuevo. "Como puedes ver, ella está bien, abuelo," dijo María. El Sr. Blackwell comenzó a hablar con María, pero él me miró como si estuviera hablándome a mí también. "Sé que esto es importante para ti, así que estoy de acuerdo en que continúen con el entrenamiento" Yo estaba tan emocionada que realmente me sobresalte un poco, sin darme cuenta. El Sr. Blackwell dijo a María: "Veo que Valentina está muy entusiasmada con esto." Él estaba bromeando porque en realidad pensó que mi salto fue sólo una coincidencia, pero si tan solo hubiera sabido que si entendí lo que dijo.

Mr. Blackwell se fue, pero María se quedó para hablar conmigo un poco más. María dijo: "Es muy emocionante que mi abuelo hasta se acuerda de tu nombre." Le dije a María: "Si es muy emocionante. Si nuestro sueño se hace realidad, el tiene que estar a bordo, porque es el que tendrá que comprar la silla y la rienda especial. ¿Le dijiste a tu abuelo del sueño?." María me dijo: "Sí, pero él piensa que es solo mi sueño, él no sabe que fue tu sueño primero." Le dije a María: "Está bien, no tiene por qué saber. Si puedo ayudar a lograr tu sueño, entonces las dos podemos tener este sueño.

Chapter 11

KING IS MY FRIEND

Phillip and Natalia came into the stable while Maria was still there. Maria asked Natalia if she was OK. Natalia responded, "I am OK, I had to stay in the hospital overnight. The doctor says I have a concussion, so I will not be able to perform for about two weeks."

"That is good to hear that you are going to be fine," Maria said. Natalia said, "What happened anyway?" Phillip told her that someone had cut the strap on the harness, and it broke, which caused her to fall. "Who would want to hurt me by doing something like that?" Natalia asked. "I do not think they wanted to hurt you, I think someone wanted Valentina out of the circus because they were jealous of her."

Natalia hung around Fruitcake and me quite a bit for the next several days and helped Maria with her training. We were not able to perform in the next city, but we were hopeful Maria would be ready to perform after that. Maria and Natalia were also spending a lot of time together. It was becoming clear to me that Natalia was learning to become a horse whisperer. I am not sure how you learn to become a horse whisperer, but clearly, Natalia was able to communicate with me better than when she first started working with Fruitcake and me. I appreciated that Natalia was careful not to try to come between Maria and I. Natalia must have realized that Maria and I had a very special

Capítulo 11

REY ES MI AMIGO

Felipe y Natalia entraron al establo, mientras que María todavía estaba allí. María le preguntó a Natalia si se encontraba bien. Natalia respondió: "Estoy bien, tuve que permanecer en el hospital durante la noche. El doctor dice que tengo una conmoción cerebral, por lo que no será capaz de hacer el numero durante dos semanas."

"Qué bueno que vas a estar bien" dijo María. Natalia dijo: "Pero, que fue lo que ocurrió?." Felipe le dijo que alguien había cortado la correa en el arnés y eso causo que se soltara y la hizo caer al suelo. "¿Quién querría hacerme daño haciendo algo así?" dijo Natalia. "No creo que querían hacerte daño, creo que alguien quería que Valentina se fuera del circo porque tenían celos de ella" dijo Felipe.

Natalia paso tiempo con Fruitcake y conmigo durante los siguientes días y ayudó a María con su entrenamiento. No pudimos llevar a cabo nuestro número en la siguiente ciudad que nos presentamos, pero teníamos la esperanza de que María estuviera después de esta. María y Natalia también pasaron mucho tiempo juntas. Cada vez era más claro para mí que Natalia estaba aprendiendo a entender y hablar con los caballos. No estoy seguro de cómo se aprende a hacer esto, pero era evidente, Natalia era capaz de comunicarse conmigo mucho mejor de cuando empezó a trabajar con Fruitcake y conmigo. Me gustó que Natalia no tratara de interponerse entre María y yo. Creo que Natalia debió de darse cuenta de que María y yo teníamos una relación muy especial.

relationship and did not want to do anything that would jeopardize that.

Over the next few days, I did not have any contact with King. Perhaps I was a little hard in accusing him of cutting the strap on my harness. I did not have any evidence of his trainer cutting the strap, and even if he did, maybe his trainer acted alone without King's knowledge. I realized there were other trainers that may be jealous of me and wanted me out of the circus. I was thinking about it to the point where I was considering going to him to apologize. In spite of the fact that King was mean to me, I really wanted to be his friend. I did not see any way I could pursue a friendship with King right now. I figured if he wanted to be my friend, he would have to make the first move.

One morning during our exercise time, I saw King walking in my direction. I had no idea what his intention was; I would find out soon enough. When King got next to me, he said, "Can we talk?" I said with some hesitation, "Yes, I guess so." King said to me, "Your perception that I am an angry horse is very accurate. Being angry is all I have ever known. When I was growing up, my owner was very mean to me and beat me with a whip. I learned to not trust anyone and not allow anyone to get close to me." I said to King, "Your past does not have to determine your future." King said, "I do not want to be angry, but I do not know how to be anything else."

"Admitting that you have an anger issue is half the battle. Why do you think you are angry with me?" I asked King. King said to me, "I think it is because you seem to be liked by the other horses, and the crowds seem to like you after they read your profile in the program." I said to King, "This ragtag group of horses needs a leader because our group acts still are not as smooth as they should be. You could be that leader that everyone respects, but you have to learn to help other horses and not be angry."

"Would you help me with that?" King said. I agreed that I would try it.

I figured it would be very difficult to reverse years of a bad habit, but as I worked with King over the next couple of weeks, I was surprised how quickly he changed. All the horses noticed the change in King, and he was becoming the leader that we all needed. Our group performances were improving, and we were working better together. King was also relating better to Phillip, Natalia, and Maria. Even King and Koucha's trainer started to talk to us as well. We learned that his name was

En los próximos días, no tuve ningún contacto con Rey. Tal vez yo fui un poco duro al acusarlo de cortar la correa de mi arnés. Yo no tenía ninguna prueba de que su entrenador había cortado la correa, e incluso si lo hizo, tal vez su entrenador actuó solo, sin el conocimiento del Rey. Me di cuenta de que había otros entrenadores que pudieron haber estado celosos de mí y querían que yo me fuera del circo. No dejaba de pensar en esto hasta el punto en que estaba pensando en ir con Rey para disculparme. A pesar del hecho de que Rey me molesto, yo realmente quería ser su amiga. Yo no veía ninguna manera de que pudiera intentar de tener una amistad con Rey en ese momento. Pensé que si él quería ser mi amigo, él tendría que dar el primer paso.

Una mañana, durante el tiempo de hacer ejercicio, vi a Rey caminando en mi dirección. No tenía idea de cuál era su intención, pero lo iba a saber muy pronto. Cuando Rey llego a mi lado, dijo, "¿Podemos hablar?" Y le dije con cierta indecisión: "Sí, supongo que sí." Rey me dijo: "Tu percepción de que soy un caballo enojado es precisa. Estar enojado es todo lo que he sabido hacer. Cuando yo era niño, mi dueño era muy malo conmigo y me golpeaba con un látigo. Aprendí a no confiar en nadie y no permitir que nadie se acercara a mí" yo le dije a Rey: "Tu pasado no tiene por qué determinar tu futuro" Rey dijo: "No quiero estar enojado, pero no sé cómo ser diferente."

"Admitir que tienes un problema con tu temperamento ya es la mitad de la batalla. ¿Por qué crees que estás enojado conmigo? ", le pregunté a Rey. El me dijo: "Creo que es debido a que tu le caes bien a los otros caballos y a la multitud les gusta lo que haces después de leer tu perfil en el programa." Le dije: "Este grupo de caballuchos necesita un líder ya que nuestros actos en grupo todavía no salen tan bien como debieran ser. Tu podrías ser ese líder que todos respetan, pero tienes que aprender a ayudar a los otros caballos y no enojarte." "¿Me podrías ayudar en eso?" preguntó Rey, "Voy a hacer lo posible por ayudarte" le contesté.

Yo pensé que sería muy difícil de revertir años de tener un mal hábito, pero a medida que trabajaba con Rey en las siguientes dos semanas, me sorprendió lo rápido que cambió. Todos los caballos notaron el cambio en Rey, y él se estaba convirtiendo en el líder que todos necesitábamos. Nuestras actuaciones en grupo estaban mejorando, y trabajábamos mejor juntos. Rey también se relaciono mejor con Felipe, Natalia y María. Incluso el entrenador de Rey y Koucha comenzó a hablarnos. Nos enteramos de que su nombre era

Manuel, which we never knew before. Manuel admitted to all of us that he was the one who cut the strap on my harness. He said he was deeply sorry for his actions and that he did not intend for Natalia to get hurt. He asked us to forgive him. We were able to start moving on from the accident, and we were working on forgiving him. Koucha shared with me that she really appreciated me helping King because he was difficult to have as a performance partner. Natalia took a special interest in both King and Koucha. She also helped to change King's attitude. I think before Natalia was a little intimidated by King's size, but now it was obvious that she enjoyed their company. King was also learning to trust others as well, and he was learning that not everyone was out to hurt him. King was learning that we all cared for him. King came to me and said, "Thank you for helping me to change my attitude, I am learning to enjoy all of you, and I am also enjoying this whole circus routine. I think I can truly say that you are my friend."

Manuel, ya que ni su nombre sabíamos antes. Manuel admitió que él fue el que cortó la correa de mi arnés. Dijo que estaba profundamente arrepentido de sus actos y que no tenía la intención de que Natalia se lastimara. Él nos pidió que lo perdonáramos. Pudimos dejar atrás el incidente y tratamos de perdonarlo.

Koucha me contó que ella realmente apreciaba mi ayudar con Rey porque era difícil tener un compañero como él en el ruedo. Natalia tomó un interés especial en Rey y Koucha. Ella también ayudó a cambiar la actitud de Rey. Creo que antes Natalia estaba un poco intimidada por el tamaño de Rey, pero era obvio que ella disfrutaba de su compañía. Rey también fue aprendiendo a confiar en los demás, y se fue dando cuenta de que no todo el mundo quería a hacerle daño. Rey pudo darse cuenta que todos nos preocupábamos por él. Rey se acercó y me dijo: "Gracias por ayudarme a cambiar mi actitud, estoy aprendiendo a disfrutar de todos ustedes, y también estoy disfrutando de la rutina en este circo. Creo que puedo decir que eres mi amiga."

Chapter 12

THE BIG STORM

The days were getting shorter, and the nights were getting cooler, which told me that fall was here. Phillip said there were only a couple of cities left for the circus this season. Natalia was back to full health and doing her routine in the show. Maria rotated with Natalia for our act. All the horses respected King as a leader as we had hoped he would become. The group acts in the show were going quite a bit smoother. Apparently, the other horses respected me as well because I had moved right in front of Koucha and King in the procession at the beginning of each show. That spot was OK with me because I think Koucha and King deserved to get top billing in the show. I was just so glad that everyone was getting along, and no one was giving me a hard time anymore.

Almost everyone knew about the dream, but most of them knew it as Maria's dream to ride in front of many people in a beautiful Western outfit with a decked-out saddle and bridle. I think I wanted the dream more for Maria because lately the only time I thought about it was when Maria talked about it. I think Maria kept talking about the dream because she wanted it more for me. Maria told me she had been working on her grandpa to buy the saddle, bridle, and outfit but had no idea if he was going to do it or not. She still had not told her grandpa how she was a horse whisperer and could talk to me.

Capitulo 12
LA GRAN TORMENTA

    Los días eran cada vez más cortos y las noches se iban haciendo más frías, lo que me indico que el otoño había llegado. Felipe dijo que sólo quedaban un par de ciudades para presentar el circo en esta temporada. Natalia estaba de regreso muy saludable y haciendo su rutina en el show. María tomaba turnos con Natalia para hacer nuestro acto. Todos los caballos respetaban a Rey como el líder que esperábamos que fuera. Los actos de grupo en el espectáculo cada vez fluían mejor. Al parecer, los otros caballos también me respetaban, porque me habían movido en frente de Koucha y Rey en la procesión al comienzo de cada espectáculo. Ese lugar en la procesión estaba bien conmigo, porque creo que Koucha y Rey se merecían tener la atracción principal en el show. Yo estaba muy contenta de que todo el mundo se llevan bien, y nadie me estaba molestaba más.

    Casi todo el mundo sabía sobre el sueño, pero la mayoría de ellos lo conocían como el sueño de María de montar en frente de mucha gente en un bello traje de vaquera con una silla y una rienda cubierta de decoraciones. Creo que quería que el sueño se hiciera realidad más por María, porque últimamente las únicas veces que pensaba en eso era cuando María hablaba de ello. Creo que María seguía hablando sobre el sueño, porque lo quería más que yo. María me dijo que había estado hablando con su abuelo acerca de comprar la silla de montar, el freno y el traje de vaquera pero no sabía si iba a hacerlo o no. Ella todavía no le había dicho a su abuelo que podía entenderme y hablar conmigo.

We did three performances in the second to the last city. Everything went smooth as planned. I think some of the trainers were a little sad to see the season ending, now that everything was working much better. Both Phillip and Natalia shared with me that they hoped Mr. Blackwell would do the show again next year. I did not know what to think about that. Part of me wanted to do the show next year, but the other part of me said that all this traveling was getting to be a grind, and I just wanted to stay home and enjoy time with Tina. I tried not to think about those things right now; I had to focus on finishing this year strong without any mistakes.

As Fruitcake and I were riding in the trailer to the final city for the year, we talked about our experiences of this past summer and whether we would do this again next year. Both of us could not say for sure whether we would or would not do this again. We did agree that overall, it was a positive experience. Fruitcake asked me if I thought the dream could still come true. I said, "It does not look like it will happen this season." "Does that disappoint you?" Fruitcake asked. "I suppose a little. But I am young, I have not given up on it, but I really wanted it for Maria." We rode the rest of the way to our destination in silence.

When we arrived at the final city, everything was business as usual. The ringmaster who also served as the circus manager gave the usual briefing to the trainers. Phillip told me there were two changes out of the normal routine. The first was that there would be no Sunday afternoon show because there was a Fall Festival parade. The mayor of the city requested to use a pair of the circus horses to pull his buggy in the parade because the normal pair that he used was not available. The trainers were supposed to vote on which pair of horses to let the mayor use. The second is that I would not be in the procession at the beginning of Saturday night's show. I immediately wondered why not; I was quite sure I did not do anything wrong. Phillip said to me, "Just relax, I do not know for sure, but I heard rumors that you and Maria are going to get your dream after all." I tried to hold back my excitement, and I hoped that was true.

The first two shows were uneventful; we performed to a packed crowd both nights. I was sort of on autopilot; I could not wait for Saturday night to come even though I did not know for sure what was going to happen. Before the show on Saturday night, it looked like my hopes would be a reality. Maria came into the staging area wearing the

Hicimos tres presentaciones en la penúltima ciudad. Todo salió como estaba previsto. Creo que algunos de los instructores estaban un poco tristes de ver el final de temporada, ahora que todo estaba funcionando mucho mejor. Tanto Felipe como Natalia me contaron que esperaban que Mr. Blackwell hiciera el show el próximo año. Yo no sabía qué pensar acerca de eso. Una parte de mí quería hacer el show el próximo año, pero la otra parte de mí me decía que todos estos viajes se estaban convirtiendo en una rutina, y yo sólo quería quedarme en casa y disfrutar del tiempo con Tina. Traté de no pensar en esas cosas en ese momento; tenía que concentrarme en terminar ese año fuerte y sin ningún error.

Cuando Fruitcake y yo íbamos en el remolque rumbo a la última ciudad de la temporada, platicamos sobre nuestras experiencias durante el verano y si íbamos a querer hacerlo de nuevo el siguiente año. Ambas de nosotros no pudimos decir con seguridad si lo haríamos o dejaríamos de hacer esto de nuevo. Estuvimos de acuerdo de que en general, fue una experiencia positiva. Fruitcake me preguntó si yo pensaba que el sueño podría hacerse realidad. Le dije: "No se ve como que va a pasar esta temporada." "¿Esto te decepciona?" preguntó Fruitcake. "Supongo que un poco, pero todavía soy joven, y no he renunciado, pero realmente lo quería mas para María." Pasamos el resto del camino a nuestro destino en silencio.

Cuando llegamos a la última ciudad, todo estaba como de costumbre. El maestro de ceremonias que también sirvió como el director del circo le dio la información habitual de los entrenadores. Felipe me dijo que había dos cambios en la rutina normal. El primer cambio es que no habría espectáculo la tarde del domingo, porque había un desfile del Festival de Otoño. El alcalde de la ciudad pidio utilizar un par de caballos del circo para tirar de su carruaje en el desfile porque la pareja de caballos que utilizaban no estaba disponible. Los entrenadores tenían que votar por el par de caballos para el uso del alcalde. La segunda es que yo no estaría en la procesión al comienzo del show del sábado por la noche. Inmediatamente me pregunté ¿por qué no? Yo estaba seguro de que no había hecho nada malo. Felipe me dijo: "Sólo relájate, no lo sé a ciencia cierta, pero he oído rumores de que tú y María harán su sueño realidad después de todo" Traté de contener mis emociones, y esperaba que fuera cierto.

Tuvimos los primeros dos shows sin incidentes, hicimos el espectáculo ante una gran multitud con el circo lleno. Yo me sentía que estaba en una especie de piloto automático; No podía esperar a que la noche del sábado llegara a pesar de que no sabía a ciencia cierta lo que iba a suceder. Antes del show en la noche del sábado, todo parecía que mi esperanza sería una realidad. María entró en el área de ensayo usando el

most stunning Western outfit I had ever seen. The outfit was a bright red with sequins running all the way down the sides from the shoulders to the bottom of the legs. There were shiny gold bands around the waist, at the wrists, and on the legs. The saddle was just as stunning. The whole seat had such intricate carvings in the leather. There were sequins all the way down the stirrups that matched the outfit that Maria had. The horn on the saddle looked to be pure ivory with engravings on that, as well. I said to Maria, "Your outfit is so beautiful, did you pick it out yourself?" "Yes," she said, "and my grandpa had the saddle handmade just for this occasion." Phillip said, "Let us get the saddle on you and get you ready for your big moment, I sure hope you will be able to go into the ring, the weather looks pretty threatening in the west."

No sooner had Phillip said that when the wind started to blow very hard. The other trainers had already started to get their horses back in the stable, and Phillip quickly helped Maria and me into the stable as well. The wind was so strong we all wondered if this stable was going to hold together. The wind whistled through the doors on both ends of the stable, and the sound of the thunder was loud and continuous. The rain and hail were pelting the roof of the stable with such force that the whole roof shook. The electricity to the stable and grounds went off, so we probably would have to spend the night in darkness. Some of the horses started to get jittery and afraid. I could tell the trainers were afraid the horses or people were going to be injured. King was right there in the middle of the horses, and he was able to calm everyone. I believe all of us appreciated his leadership at that moment.

Fortunately, the storm did not last very long. The winds died down, and the rain stopped. All the trainers ran to the door to see if there was any damage. One of them yelled back that the wind destroyed the performance tent. They could also see the people coming out from underneath the grandstand where they took shelter. No one appeared to be injured. That was certainly good news. Maria and I looked at each other; we both realized that our dream was not going to happen.

traje vaquero más impresionante que jamás había visto. El traje era de un rojo brillante con lentejuelas por los lados desde los hombros a la parte inferior de las piernas. Tenía bandas brillantes de oro alrededor de la cintura, en las muñecas, y en las piernas. La silla era muy impresionante. Todo el asiento tenía intrincados grabados en la piel. Tenía lentejuelas hasta los estribos y hacían juego con el traje de María. El cuerno de la silla parecía ser de marfil puro, con grabados también. Le dije a María: "Tu traje esta hermoso, ¿lo escogiste tu misma?" "Sí" ella dijo "y mi abuelo mando a hacer la silla a mano especialmente para esta ocasión" Felipe dijo: "Vamos a ponerte la silla de montar sobre ti y prepararlas para su gran momento, espero que puedan entrar al escenario, el clima se ve muy amenazador por el oeste."

Tan pronto como Felipe dijo eso, el viento comenzó a soplar muy fuerte. Los otros entrenadores ya habían comenzado a traer de vuelta a sus caballos en el establo, y Felipe nos ayudo rápidamente a María y a mí a entrar en el establo. El viento era tan fuerte que todos nos preguntábamos si los establos iban a aguantar los fuertes vientos. El viento silbaba a través de las puertas en ambos extremos de los establos, y el sonido de los truenos era fuerte y continuo. La lluvia y el granizo azotaban con tal fuerza que el techo se estremeció. La electricidad del establo y las instalaciones se fue, por lo que probablemente tendríamos que pasar la noche en la oscuridad. Algunos de los caballos comenzaron a ponerse nerviosos y con miedo. Me di cuenta que los entrenadores tenían miedo que los caballos o las personas salieran lastimadas. Rey estaba al medio de todos los caballos, y pudo calmar a todos los demás. Creo que todos apreciamos su liderazgo en ese momento.

Afortunadamente, la tormenta no duró mucho tiempo. Los vientos se calmaron y se detuvo la lluvia. Todos los entrenadores corrieron a la puerta para ver si había algún daño. Uno de ellos gritó que el viento destruyó la carpa. También se veía como la gente estaba saliendo de debajo de la tribuna donde se habían refugiado. Nadie parecía estar herido. Eso fue sin duda una buena noticia. María y yo nos miramos la una a la otra, ambas nos dimos cuenta que nuestro sueño no iba a suceder.

Chapter 13

THE FESTIVAL PARADE

    The next morning, the sun was out, and it was going to be a beautiful day. Some of the townspeople came back out to the grounds to start the cleanup process. Mostly, they wanted to help the circus recover any equipment that was still usable. Whatever was in the tent when it went down was gone or destroyed. I think the trainers and other stagehands appreciated the help that the townspeople gave them. The people were so nice; most of them brought some kind of food item so all the circus workers could have a picnic lunch with the people from the town, but first, everyone had to work hard to clear away debris for an open spot. Even the mayor was there among them. The mayor asked the trainers what pair of horses was going to be pulling his buggy in the parade this afternoon. The trainers voted and unanimously agreed that it should be Koucha and King. Manuel introduced Koucha and King to the mayor. "What a magnificent pair of horses, they will make me so proud, I am sure. Fortunately, the downtown area was spared by the storm, so the parade can go on as planned." The mayor went on to explain that the starting area for the parade was right here on the fairgrounds, and he invited everyone to watch the parade. Most of the people did not sit down to eat. They were milling around and working on cleanup while they were eating.

Capitulo 13
EL DESFILE DEL FESTIVAL

A la mañana siguiente, el sol había salido, y se veía que iba a ser un día hermoso. Algunos de los habitantes del pueblo vinieron a donde estaba el circo para ayudar a limpiar. Sobre todo, la gente quería ayudar al circo a recuperar los equipos que todavía pudieran servir. Todo lo que estaba bajo la carpa cuando se colapso ya no servía o se había destruido. Los entrenadores y el resto del personal de apoyo estaban muy agradecidos por la ayuda que la gente del pueblo les brindaba. La gente era muy agradable, la mayoría de ellos trajeron algo de comida para que todos los trabajadores del circo pudieran comer el almuerzo con la gente del pueblo, pero antes, todo el mundo tenía que trabajar duro para limpiar los escombros del lugar. Hasta el alcalde estaba entre ellos. El alcalde preguntó a los entrenadores cual iba a ser el par de caballos que iban a jalar su carruaje en el desfile de esa tarde. Los entrenadores votaron y acordaron por unanimidad que serían Koucha y Rey. Manuel le presento a Koucha y Rey al alcalde. "Que magnífico par de caballos, me van a enorgullecer, estoy seguro. Afortunadamente, el centro de la ciudad se salvó de la tormenta, por lo que el desfile pudra continuar como estaba previsto." El alcalde explicó que el lugar de partida del desfile sería ahí mismo, en la explanada donde se encontraba el circo y que había invitado a toda la ciudad a ver el desfile. La mayoría de la gente no se sentó a comer. Estaban dando vueltas y trabajando en la limpieza mientras comían.

During this whole process, I received a pleasant surprise. Maria was brushing my mane and tail when I saw some people coming toward me. When they got close enough, I could see it was Tina, Fred, Dr. Bill, and Dr. Buckles. I ran over to them and said, "I am so glad to see you, why are you all here?" Tina told me they were all here last night to see my dream come to reality. "You guys knew about that?" I asked. "Of course," Tina said, "Maria told us about it, we did not want to miss that." Fred said, "We are so sad that you and Maria were not able to realize your dream."

"It is OK, I believe it will happen someday," I said. Tina said, "Let us have some lunch, watch the parade and then we will head for home. I have the trailer, we can go right home from here if we want instead of going back to Mr. Blackwell's ranch."

After the picnic lunch, almost everyone from the town left. They said they had to get ready for the parade. Some of them said they had to go get their floats while others said they just wanted to rest for a bit. In a couple of hours, they started to come back dressed in their parade costumes. One of the mayor's assistants came pulling the buggy behind his truck. The assistant got out and said to Manuel, "Let us get your horses hooked up to the buggy and get them in position." Manuel retrieved the harnesses from the equipment truck and started to put them on Koucha and King. All of us horses watched Manuel as he put the harnesses on Koucha and King; they seemed so proud. I think this was a big moment for them.

After the mayor's assistant got Koucha and King set up, he came over and said something to Phillip. After the assistant walked away, Phillip motioned for Natalia to come over; then she headed for the equipment truck. Phillip whispered something to Maria, and Maria whispered something to Tina; then both of them headed for Maria's motor home. I wondered what all the secrecy was all about. In a few moments, Natalia was coming back with the special saddle in her hands. The saddle was almost exactly like the one my mother had described to me soon after I was born. I said to Phillip, "What is going on?" Phillip said, "I might as well tell you now. The mayor heard how you and Maria did not get to do your ride last night, so he wants you and Maria to be his honored guests in the parade." I got excited, especially for Maria. I looked the other way at Maria's motor home expecting to see her come out in her special red outfit. When they came out, Maria was in the

Durante todo este proceso, recibí una agradable sorpresa. María me estaba cepillando la melena y la cola cuando vi a algunas personas que venían hacia mí. Cuando llegaron lo suficientemente cerca, pude ver que era Tina, Fred, el doctor Bill y el doctor Buckles. Corrí hacia ellos y dije: "Estoy muy contenta de verte, ¿por qué todos ustedes están aquí?" Tina me dijo que estaban todos ahí desde una noche antes para ver mi sueño hacerse realidad. "¿Ustedes sabían de eso?", Le pregunté. "Por supuesto" dijo Tina, "María nos lo dijo, y no queríamos perdérnoslo" Fred dijo: "Estamos muy tristes de que tú y María no pudieron realizar su sueño anoche"

"Está bien, creo que va a suceder algún día" le dije. Tina dijo: "Vamos a almorzar, ver el desfile y luego nos vamos de regreso a casa. Tengo el tráiler, podemos irnos directo a casa desde aquí, en vez de regresar al rancho de Mr. Blackwell"

Después del almuerzo, casi toda la gente del pueblo se había ido. Dijeron que tenían que prepararse para el desfile. Algunos de ellos dijeron que tenían que ir a prepararse, mientras que otros dijeron que sólo querían descansar un poco. Después de un par de horas, regresaban vestidos con trajes de su desfile. Uno de los ayudantes del alcalde llegó jalando el carruaje detrás de su camioneta. El asistente salió y le dijo a Manuel: "Vamos por sus caballos para engancharlos al carruaje y ponerlos en su posición" Manuel fue por los arneses a donde estaba el equipo y se los empezó a poner a Rey y Koucha. Todos los demás caballos veíamos a Manuel ponerle los arneses a Rey y Koucha; ellos estaban muy orgullosos. Creo que fue un momento muy especial para ellos.

Después de que el asistente del alcalde dejo a Koucha y Rey listos, se acercó y le dijo algo a Felipe. Después de que el asistente se fue, Felipe le indicó a Natalia que viniera; luego ella se dirigió hacia el camión del equipo. Felipe le dijo algo a María, y María le susurró algo a Tina, luego ambas se dirigieron a la casa rodante de María. Me preguntaba de qué se trataba tanto secreto. Después de algunos momentos, Natalia volvió con la silla de montar especial en sus manos. La silla era casi exactamente igual a la que mi madre me había descrito poco después de que yo naciera. Le dije a Felipe: "¿Qué está pasando?", Felipe dijo "Ya te lo voy a decir, el alcalde escuchó que tu y María no pudieron salir al ruedo anoche, por lo que él quiere que tu y María sean sus invitados de honor en el desfile." Me emocioné, sobre todo para María. Mire en dirección a donde se encontraba María y esperando verla salir con su hermoso traje especial de vaquera de color rojo. Cuando salieron, María estaba

same clothes, but Tina was all dressed up in the special outfit. I had not seen Tina look so beautiful before. She wore a Western hat complete with one feather just as in the dream. She also had on shiny Western boots and her lariat. When they got next to me, I said to Maria, "What is going on?" Maria said, "The dream says that the girl's name is Maria, but it also says that the rider was doing rope tricks with a lariat. We cannot have it both ways. I decided that the proper thing to do was to let Tina ride the parade route with you."

"But what about you, this is your dream too." I said. Maria said, "I will be able to do this someday, but right now, it gives me more pleasure to see you and Tina riding together." I said to her, "Are you sure?" "Yes I am sure," she said.

Tina started putting the saddle on me. I thought all along it would be Maria riding on my back; it never occurred to me that it would be Tina. I turned around to say something more to Maria, but she was gone. Not only was she gone but I noticed that Fred, Dr. Bill, and Dr. Buckles were not around right now as well. I hoped they would be able to see me ride. After Tina got the saddle cinched up, she strapped the lariat to the saddle. When we got to the lineup area, the parade was just starting. Koucha and King were just starting to pull the mayor down the parade route. There were many parade entries ready to start. There were several bands, clowns, kids, and floats. This parade must have been a big deal for the people of this town. Tina and I had quite a long wait. Tina used the time to practice her rope tricks. Phillip and Natalia stayed with us while we waited.

Finally, it was time for us to start on the parade route. There were people lined up the whole way on both sides of the street. It was as if everyone in the crowd knew my story of surgery, braces, and my dream because, when we passed by, the crowd got to their feet and gave us a standing ovation. I also realized that I did not limp anymore, and the bone spur was completely gone. We marched for quite a distance before we got to the main viewing area, but I did not mind; I was enjoying every minute. I could tell Tina was really enjoying herself as well; her rope tricks were flawless. The crowd seemed to enjoy the tricks she performed. When we got to the main viewing area, I was looking for Fred and the two doctors from home and Maria. I finally saw all of them. Not only were the three of them together but Maria was with her grandfather as well as Phillip and Natalia. Phillip and Natalia must

en la misma ropa, pero Tina estaba vestida en el traje especial. Nunca antes había visto a Tina verse tan hermosa. Llevaba un sombrero de vaquera, con una pluma al igual que en el sueño. Tina también traía unas botas de vaquera brillantes y su soga de lazar. Al llegar junto a mí, le dije a María: "¿Qué está pasando?", Dijo María, "El sueño dice que el nombre de la niña es María, pero también dice que la jinete estaba haciendo trucos con la soga de lazar. No podemos tener las dos cosas. Decidí que lo más apropiado era dejar que Tina desfilara contigo"

"Pero, este es tu sueño también" le dije a María. Ella dijo "voy a poder hacerlo algún día, pero por ahora, me da más gusto verte a ti y a Tina montando juntas." Yo le dije, "¿Está segura?" "Sí, estoy segura" dijo.

Tina comenzó a ensillarme. Todo el tiempo pensé que sería María la que iba a ir montada en mi espalda, nunca se me ocurrió que sería Tina. Me di la vuelta para decir algo más a María, pero ella ya se había ido. No sólo ella se había ido, sino que me di cuenta de que Fred, el doctor Bill y el doctor Buckles no estaban presentes en este momento tampoco. Yo esperaba que hubieran podido verme en el desfile. Después de que Tina había ceñido la silla, ella ato la soga de lazar a la silla de montar. Cuando llegamos al área donde todos se alineaban par desfilar, el desfile comenzó. Koucha y Rey estaban empezando a tirar del carruaje de la alcaldía. Había muchos participantes listos para empezar a desfilar. Había varias bandas, payasos, niños, etc. Creo que este desfile era algo importante para la gente de esta ciudad. Tina y yo tuvimos que esperar un por un buen rato. Tina utilizó el tiempo para practicar sus trucos de cuerda. Felipe y Natalia se quedaron con nosotros mientras esperábamos.

Finalmente, llegó el momento de que empezáramos a desfilar. Había gente haciendo bayas a ambos lados de la calle. Era como si todos en la multitud supieran la historia de mis cirugías, férulas y mi sueño, porque cuando pasaba, la multitud se ponía de pie y nos daba una ovación. También me di cuenta de que no cojeaba más, y el espolón había desaparecido por completo. Marchamos por una distancia considerable antes de llegar al área principal, pero la distancia no me importó, yo estaba disfrutando de cada minuto. Me di cuenta que Tina también se estaba divirtiendo; sus trucos con la cuerda eran perfectos. La muchedumbre parecía disfrutar de los trucos que ella realizaba. Cuando llegamos al área principal yo buscaba a Fred, los otros dos doctores y a María. Finalmente los vi a todos. No solo a los doctores y a María, sino al Sr. Blackwell, Felipe y Natalia. Felipe y Natalia debieron

have run ahead after we left the starting area. As I looked at the crowd more, I saw almost all the entire circus crew cheering for me. The whole crowd was cheering as we went by. I was getting emotional over all of the attention. All the attention was unbelievable.

de haber corrido rápidamente después de que nosotros salimos a empezar a desfilar. Cuando veía a toda la multitud, me di cuenta que estaba casi toda la tripulación del circo aplaudiendo y echándome porras cuando pasamos por ahí. Me empecé a poner sentimental con toda la atención. Toda esa atención fue increíble.

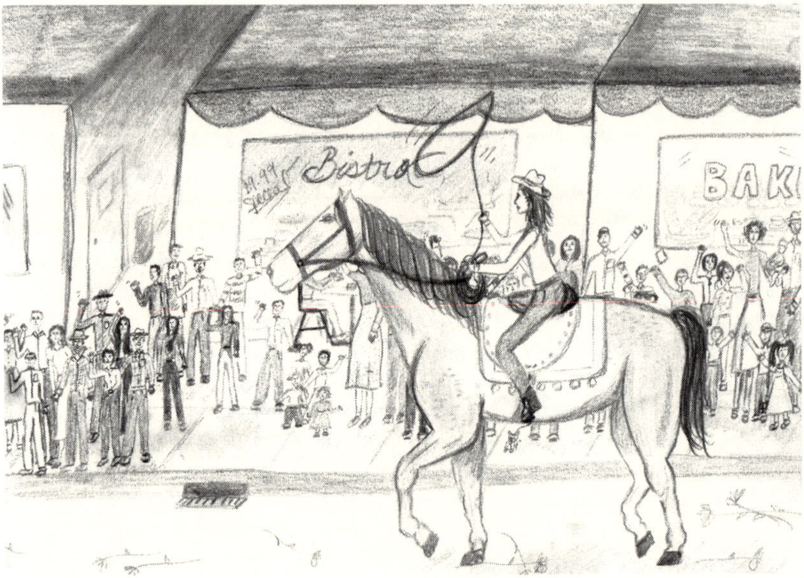
Bistro

When we finally got to the end of the parade route, the mayor was waiting for Tina and me. Fred and the two doctors were there as well. Koucha and King were there as well. The mayor said to me, "I am so glad you were able to achieve your dream. Will you come back to see us next year?" All I could think of to say was, "Well, maybe." The mayor said to Tina and me, "We need a picture for our local paper." The mayor also took a picture with Fred, the two doctors, Tina, and me. Maria said to me, "This is one picture you can show to your kids and grandkids." There were many other pictures taken that day—a day I will not soon forget. Tina turned to me and said, "Are you ready to go home now?" I said, "Yes, but let me say good-bye to all my friends." All my friends in the circus had gathered at the parade finish line as well to congratulate Tina and me and to say good-bye. It was an emotional time for all of us. I said to Tina, "OK, we can go home now." Everyone hoped to see us next year. As we drove away, I remember thinking, what a great day it was. And now, it was Maria's turn to get her dream.

Cuando por fin llegamos al final del desfile, el alcalde nos estaba esperando a Tina y a mí. Fred y los dos médicos estaban allí también. Koucha y Rey estaban allí también. El alcalde me dijo: "Estoy contento de que hubieras podio hacer tu sueño realidad. ¿Quieres venir a vernos el año que viene? "Todo lo que podía pensar en que decir fue: "Bueno, tal vez." El alcalde nos dijo a Tina ya mí "Necesitamos una fotografía para nuestro periódico local." El alcalde también se tomo una foto con Fred, los dos médicos, Tina, y yo. María me dijo: "Esta es una foto que podrás mostrar a tus hijos y nietos" Hubo muchas otras fotos que se tomaron ese día-un día que nunca olvidaré. Tina se volvió hacia mí y dijo: "¿Estás listo para ir a casa ahora?" dije "Sí, pero déjame despedirme de todos mis amigos." Todos mis amigos en el circo se habían reunido en la línea de llegada del desfile para felicitarnos a Tina y a mí, y para decir adiós. Fue un momento emotivo para todos nosotros. Le dije a Tina "Ya nos podemos ir a casa ahora." Todos esperaban vernos de nuevo el próximo año. Mientras nos alejábamos, recuerdo que pensaba que había sido un gran día. Y ahora era el turno de María de hacer su sueño realidad.

Chapter 14
LIFE LESSON LEARNED

Jenea said to her daddy, "That was a great story, Daddy, but I have one question."

"What is that?" Daddy said. Jenea said, "Why did Maria give up her dream to let Tina ride Valentina?" Daddy said, "Well, do you know what a blessing from God is?"

"Not really," she said. "A blessing is an unexpected good thing that happens to you because God loves you and only wants the best for you. Maria realized that giving the ride to Tina would be a blessing that God wanted to give her, and she decided to enjoy the pleasure that God wanted to give her. Does that make sense?"

"So you mean like if you get some unexpected money from somewhere?" Daddy said, "Well, that is a blessing, but a blessing does not have to be money, it can be almost anything like health, friends, or something you are gifted at doing, like art."

"I like to draw, is that a blessing?"

"It sure is," Daddy said, "does that make sense?"

Capitulo 14
LECCIÓN DE VIDA

Jenea dijo a su papá, "Fue una gran historia papi, pero tengo una pregunta." "¿Qué es?", dijo su papá. Jenea dijo: "¿Por qué María renuncio a su sueño para dejar que Tina montara a Valentina?."

El papá dijo: "Bueno, ¿sabes lo que es una bendición de Dios?"

"No, realmente no lo sé" dijo Jenea. "Una bendición es una cosa muy buena que inesperadamente te sucede porque Dios te ama y solo quiere lo mejor para ti. María se dio cuenta de que dejar a Tina que montara a Valentina era una bendición que Dios le quería dar a ella, y decidió disfrutar del placer que Dios quiso darle. ¿Entiendes?"

"¿Quieres decir que es como si recibieras un dinero inesperadamente?", su papi dijo "Bueno, esa es una bendición, pero una bendición no tiene que ser solo dinero, sino que puede ser todo como salud, amigos, o ser muy bueno para algo en especifico, como arte."

"¿Me gusta dibujar, es esa una bendición?"

"Claro que si" dijo su papa, "¿Tiene sentido?"

"Yes, I guess so," Jenea said. Daddy said, "As much as I love you, God loves you so much more, and if you love him back, he wants to give you the desires of your heart."

"OK, Daddy," Jenea said. Daddy said, "Now it is time for you to go to sleep and remember God loves you this much," as both of them stretched their arms out wide.

"Creo que si" dijo Jenea. Su papa dijo "Así de mucho como yo te amo, Dios te ama aún mucho más, y si tu lo amas, El quiere darte los deseos de tu corazón."

"Está bien papi" dijo Jenea. Su papi dijo "Ahora es hora de dormir y recuerda que Dios te ama así de mucho" y los dos extendieron sus brazos hacia los lados.

Editado por Joanna Jane F. Ang
Revisado por Menger John Pino